王臣——著

na lan

世间最美纳兰词

谁念西风独自凉

第一词人纳兰容若的词与情

CS 湖南文艺出版社
HUNAN LITERATURE AND ART PUBLISHING HOUSE
博集天卷
CS·BOOKY

图书在版编目（CIP）数据

谁念西风独自凉 / 王臣著 . — 长沙：湖南文艺出版社，2011.9
ISBN 978-7-5404-5098-4

Ⅰ . ①谁… Ⅱ . ①王… Ⅲ . ①纳兰性德（1654~1685）– 诗
词研究 Ⅳ . ① I207.23

中国版本图书馆CIP数据核字（2011）第173126号

上架建议：文学·诗词赏析

谁念西风独自凉

作　　者：王　臣
出 版 人：刘清华
责任编辑：丁丽丹　刘诗哲
监　　制：蔡明菲
策划编辑：柳　易
文案编辑：张建霞
装帧设计：韩　捷　SARTORI
出版发行：湖南文艺出版社
　　　　　（长沙市雨花区东二环一段 508 号 邮编：410014）
网　　址：www.hnwy.net
印　　刷：北京鹏润伟业印刷有限公司
经　　销：新华书店
开　　本：880×1230　1/32
字　　数：140千字
印　　张：9
版　　次：2011年9月第1版
印　　次：2012年1月第2次印刷
书　　号：ISBN 978-7-5404-5098-4
定　　价：32.00 元

（若有质量问题，请致电质量监督电话：010-84409925）

谁念西风　独自凉，

萧萧黄叶　闭　疏窗，

沉思往事　立　残阳。

被酒莫惊春睡　重，

赌书消得　泼茶　香。

当时只道　是　寻常。

目 录

纳兰心事几人知

每个人的生命都会潜伏一些经年不衰的哀与恸。它们像不能根治的病症，时不时提醒你它们的存在。它们，是不能舔舐的伤口，是无法触抚的曾经。

纳兰容若，一个至情至性的男子。俊雅，深情，文武双全。彼时，他也是极难得的人，有好家世，又才华横绝。属心于他的女子定然不在少数。只是他偏偏心里只住得下那一个女子。爱妻去世之后，即便历经了二三女子，亦都无法填补他心中的憾。

只有三年。他与爱妻卢氏之间，只有三年时光。情深不寿，成了他命中谶语，令人哀绝。也因是这一回的命运波折，纳兰词悼亡之音破空而起，成为纳兰词至为迥绝之处。从一句"人生若只如初见"惊艳世人始，纳兰词被后世人推崇至今。

该用怎样的词语来形容这男子。不知。总觉世间词语皆是乏力的。但无碍，钟情于纳兰词的人，本就应当是明净纯粹的。持一颗温柔浪漫又清定如风的心，恋慕着他和他的词。

纳兰容若以词闻名，今存348首，内容哀艳感伤，有南唐后主遗风，悼亡词情真意切，痛彻肺腑。词集刊印时，初名为《饮水词》和《侧帽词》。今人经收集整理，再编排刊印之时，并称为《纳兰词》。

　　一切事情的发生、进展或是变化都有各自的因循和缘分。着笔写作"私享笔记"系列伊始，便已开始为纳兰词品读系列作准备。时至今日，方觉一切稳妥，才敢落笔写作。今次，依据上海古籍出版社版《纳兰词集》的出版体例，将其中现存的全部348首纳兰词，分定为五卷书来写。

　　犹记得曹雪芹祖父曹寅在《楝亭夜话图》上题的那首悼念容若的诗。彼时，是康熙三十四年秋，容若已离世十年。曹寅在江宁织造任上时，庐江郡守张纯修来访，曹寅又邀江宁知府施世纶，三人秉烛夜话于楝亭，悼念容若。

　　紫雪冥蒙楝花老，蛙鸣厅事多青草。
　　庐江太守访故人，建康并驾能倾倒。
　　两家门第皆列戟，中年领郡稍迟早。
　　文采风流政有余，相逢甚欲抒怀抱。
　　于时亦有不速客，合坐清严斗炎燠。
　　岂无炙鲤与寒鹦，不乏蒸梨兼瀹枣；
　　二簋用享古则然，宾酬主醉今诚少。

忆昔宿卫明光宫，楞伽山人貌姣好。

马曹狗监共嘲难，而今触痛伤枯槁。

交情独剩张公子，晚识施君通纻缟；

多闻直谅复奚疑，此乐不殊鱼在藻。

始觉诗书是坦途，未防车毂当行潦。

家家争唱饮水词，纳兰心事几曾知？

斑丝廊落谁同在？岑寂名场尔许时。

是。家家争唱《饮水词》，纳兰心事几人知。而今，我所做的，亦不过是，将住在自己眼中那个青衫磊落的男子写下来，描说与你听。但那亦只是我眼中的，不能代表任何人。

到如今，我执笔默写下一首一首饮水词。然后，铺开一卷一卷纸，借容若之眼看穿人世，写下最深沉的哀凉之诗。以耽于美之心来诵念，以耽于爱之心来低吟，以耽于容若之心来淡写。是我在这些暖春消逝、盛夏将至的日子中可以做的最好的事。

此生惟愿，能与那人携得半日闲悠光阴，月下依坐。听曲，读书，写作。饮一杯酒，再吟两首纳兰词。然后，欢喜，静默。

王臣

二〇一一年六月

我是人间惆怅客

——纳兰容若小传

人生若只如初见，
何事秋风悲画扇。
等闲变却故人心，
却道故人心易变。

出生

纳兰容若，于顺治十一年十二月十二日（1655年
1月19日）出生。原名成德，以避废太子讳而改性德，
字容若，号楞伽山人。满洲正黄旗人。太傅纳兰明珠
长子。康熙十二年举人，十五年进士，官至一等侍
卫。

著有《通志堂诗集》五卷、《文集》五卷、
《渌水亭杂识》四卷；《侧帽词》、《饮水词》共五
卷，并称《纳兰词》。又有《全唐诗选》、《词韵正
略》，又与顾贞观合辑《今词初集》。

家世

纳兰容若的先祖是蒙古人，姓土默特，后灭纳兰部，占领其地，改姓纳兰，居叶赫之地，称海西女真。

明代初期，满洲分为三大部族：建州女真、海西女真和野人女真。各部族之间经常发生征战和兼并，其中建州女真势力最强。到明代末期，建州女真首领爱新觉罗家族的努尔哈赤与海西女真首领叶赫那拉家族的金台什（此人即纳兰容若的曾祖父）成为满洲两大势力。

为对抗明朝，满洲两大家族联姻。努尔哈赤迎娶了金台什之妹孟古格格为妻。后又因为部族冲突，两大家族发生流血战争，金台什战死。海西女真最终为势力强大的建州女真所吞并。建州女真首领努尔哈赤统一了满洲。而努尔哈赤与孟古格格之子皇太极，最终也成为征服中土、统一全国、建立大清帝国的清太宗。

彼时，纳兰容若的祖父倪迓韩归顺努尔哈赤之后，因在对抗明朝的战争中屡建战功，叶赫那拉家族也在爱新觉罗王朝当中逐渐重新获得重要地位。纳兰容若之父纳兰明珠又迎娶了努尔哈赤的小儿子阿济格之女赫舍里氏为妻，是为两大家族间的第二次通婚。

那拉是满文音译，通纳兰。纳兰家族与爱新觉罗皇室之间的姻戚关联之密切显而易见。清军入关之后，容若之父纳兰明珠官至武英殿大学士、累加太子太傅，为康熙朝权倾一时的首辅之臣。容若之母罗氏，也被封为一品夫人。

所以，纳兰容若一出世就被命运布置到了一个天皇贵胄的家庭当中，注定一生繁花似锦。

仕途

顺治十一年十二月十二日（1655年1月19日），纳兰容若出生。因生于腊月，幼时称冬郎。他天资聪颖，好学不倦，博通经史，过目不忘。工书法，又精于书画评鉴，数岁时，即习骑射，是文武全才。

康熙十年（1671），纳兰容若十七岁，入太学读书，为国子监祭酒徐文元赏识，推荐给其兄内阁学士、礼部侍郎徐乾学。次年，十八岁的容若参加顺天府乡试，一举考中举人。十九岁准备参加会试时，却因身患"寒疾"未能参加殿试。

而后，容若发奋苦读，拜徐乾学为师。并在恩师指导之下，两年中，主持编纂了一部一千七百九十二卷编的儒学汇编《通志堂经解》，受到皇上的赏识。后，他又把熟读经史过程中的见闻和学友传述记录整理成文，用三四年时间，编成四卷《渌水亭杂识》，其中包含历史、地理、天文、历算、佛学、音乐、文学、考证等方面的知识。可见容若学识之广博。

二十二岁时，容若再次参加进士考试，考中二甲第七名。被康熙皇帝破格授予三等侍卫官职，寻晋一等，从此步入仕宦之途，直到三十一岁去世。侍卫是皇帝贴身随从，虽官职不高，却极为重要。多次随皇帝南巡北狩，游历四方，奉命参与重要的战略侦察，多次出巡京畿、塞外、辽东、山西、江南等地。

因容若心有壮志，初时对侍卫生涯颇有微词，绝少开怀。也是因无力改变生活轨迹，且心有广阔天地，后便沉迷汉文艺术，广交文友，成为心性恬淡之人。"虽履盛处丰，抑然不自多。于世无所芬华，若戚戚于贫贱而以贫贱为可安者。身在高门广厦，常有山泽鱼鸟之思。"

二十四岁时，容若把自己的词作编选成集，名为《侧帽词》，又著《饮水词》，再后有人将两部词集增遗补缺，共349首，编辑一处，合为《纳兰词》传世。

爱情

关于容若妻室问题，素有异议。据考证，在容若娶正妻之前，在家养病期间，家中曾为他纳颜氏为妾，照料容若生活，以慰寂寥。容若二十岁时，方才迎娶两广总督、兵部尚书、都察院右副都御史卢兴祖之女为妻。彼时，卢氏十八岁，两人十分恩爱，是旁人眼中极为相衬的一对。

只可惜，成婚三年，卢氏便亡于难产。这对容若来说，是极为重大的一次打击，令他伤情彻骨。也因此，之后容若词风为之一变。所谓"悼亡之吟不少，知己之恨尤深"。几乎可以说是无词不伤，无词不泪。

卢氏去世之后，容若续娶官氏为继室，赠淑人。但因与官氏内心相隔，容若实觉孤寥。康熙二十三年冬，容若扈驾南巡归京之后，纳江南艺妓女词人沈婉为侍妾。并为沈婉置一曲房，请友人严绳孙书额曰"鸳鸯社"。

只是沈婉身份低微，遭人非议。因其社会关系复杂，纳兰明珠强迫容若与沈婉分手。康熙二十四年，沈婉返回江南。两人相处不过百日，一切便尽化乌有。纳兰容若，才子风流，感情生活亦总为人津津乐道，市井流言常有捕风捉影之说。

且有容若表妹入宫一事，可备作一谈。

交际

学者张任政在《纳兰容若年谱·自序》当中记道："生

平挚友如严绳孙、顾贞观、朱彝尊、姜宸英辈，初皆不过布衣，而先生固已早登科第，虚己纳交，竭至诚，倾肺腑。又凡士之走京师，侘傺而失路者，必亲访慰藉；及邀寓其家，每不忍辞去，间有经时之别，书札、诗、词之寄甚频。……惟时朝野满汉种族之见甚深，而先生所友俱江南人，且皆坎坷失意之士，惟先生能知之，复同情之，而交谊益以笃。"

容若虽是生长于高门华阀的贵介公子，却长成为一个心性单薄的磊落男子。是深情幽婉，亦是落拓不羁，全无八旗子弟之浮靡。他所热衷交往的人，如严绳孙、顾贞观、朱彝尊、姜宸英辈，皆是"一时俊异，于世所称落落难合者"。

他们多是江南布衣文人，与世无争。容若待人又极是真挚，用情极深。朋友落难，不论险阻，必定相助。友人吴兆骞曾深陷科场案，被流放在外，容若百般努力，终将吴兆骞救回。此事更是一时传成美谈。

他与他们之间，是真正的君子之交。平淡如水，不尚虚华。要做的，不过是在那"渌水亭"聚一聚，读书，写字，填词，作诗，感风吟月，叹念年华。

饮水词

　　纳兰容若这一世，最受世人瞩目的，便是他留存的那三百余首词作。极清新娟秀，又极哀感顽艳。纳兰词是词坛无可争议的一座丰碑。在词坛中兴的彼时，他与阳羡派代表陈维崧、浙西派掌门朱彝尊鼎足而立，并称"清词三大家"。

　　《纳兰词》初名《侧帽词》。康熙十七年，容若委托友人顾贞观在吴中刊成《饮水词》。《饮水词》收词不多，只百余篇。此二本刻于容若生前，今皆不见传本。后有人将两部词集增遗补缺，编辑一处，并为《纳兰词》。

　　《纳兰词》内容涉及爱情友谊、边塞江南、咏物咏史及杂感等诸多方面。虽以其身份经历，词作数量不能算多，眼界亦不算开阔，但因了那旖旎词情，尽出佳品，为后世人大力推崇。

　　王国维赞容若道："纳兰容若以自然之眼观物，以自然之舌言情。此由初入中原未染汉人风气，故能真切如此。

北宋以来，一人而已。"况周颐更在《蕙风词话》中誉其为
"国初第一词手"。

纳兰容若一生，恰如三月春花。生，之于容若，只是一
趟短途旅程。生无完满，来去无涯。康熙二十四年（1685）
暮春，容若抱病。五月，与好友一聚，一醉，一咏三叹，然
后便一病不起。七日后，溘然而逝。彼时，他三十一岁。

他是人间惆怅客。
不知何事泪纵横。
断肠声里忆平生。

注　本文参考篇目：
张秉成，《〈纳兰性德词新释辑评〉前言》，中国书店。
张草纫，《纳兰词集》，上海古籍出版社。

西风一夜剪芭蕉

恨因谁（忆江南）

昏鸦尽，小立恨因谁？

急雪乍翻香阁絮，

轻风吹到胆瓶梅。心字已成灰。

——纳兰容若《忆江南》

是为《纳兰词集》开卷第一首词。

思忆当中有一种轻微的愁，却愁中有美。

这一首二十七字小令。题材习见，却因为经了纳兰容若的笔，变得如此情媚动人。词里，有美人独立，有夕阳斜照，有心香成灰。词外，是思盼，是顾念，是深至不悔的情意。

上阕有情，"昏鸦尽，小立恨因谁"，心中有爱念。下阕有意，"急雪乍翻香阁絮，轻风吹到胆瓶梅。心字已成灰"，萧索淡静的景，竟处处有哀痛。

他写了这样一个痴心女子。在这日暮昏鸦扰攘群飞的时分，不知因谁，依旧立在那一处，踟蹰，张望，心不安。窗外柳絮飞如雪，轻绥绥飘入内。又有微风轻拂，与她插于胆瓶内的数枝梅交相缠绵。柳絮、清风、寒梅，本是温柔景意，却在这一日凉了她的心。

如许经年，她早已失了他的音信。不知道他何年何月身在何处，周身有何人相伴相依。她一如你，我，每一个人。是，总是有那么一个人是长住心底的。平日里绝然不敢肆意去想，去念。只能偶在宁静日暮时分，偷偷探身去望一望。望一望过去，望一望曾经，望一望那些共相依偎的温柔年光。

只是，过去，便就是过去了，不会再回来，不能再拥有。唯念一句"心字已成灰"，关上窗，拉上帘，转身一声叹，然后结束这一程不为人知的黯淡心念。

末句"心字已成灰"写得最是怆然，最是凉薄。心字成灰，一语双关。既是写心字香烧，也是小立女子心意灰凉。关于"心字香"，明代的杨慎在《词品·心字香》当中写道："范石湖《骖鸾录》云：'番禺人作心字香，用素馨茉莉半开者著净器中，以沉香薄劈层层相间，密封之，日一易，不待花蔫，花过香成。'所谓心字香者，以香末索篆成心字也。"

一句"心字已成灰"写下，似是真就要从此绝了她对他的想头。从此以后，再不牵挂，再无心念，再不追忆不休，纵她心中有千万不忍不甘不舍不愿。至为感伤。

这一阕《忆江南》，将纳兰词中那一种轻清之境写得令人心骨柔软。读来便有一种感同身受的情缱意绻。初读即知是一首闺情词，以他笔写她之思，如此理解自然稳妥。但又或者，纳兰容若写作此词之时，本身即是心恨渐浓，自抒情思。

读了纳兰容若的《忆江南》，再读别人的《忆江南》，总觉缺了几分声香火色的人间情意。即便是有，也总觉得不如纳兰容若写得入微，荡人心肺。

词牌"忆江南"有一些别称，又叫"望江南"、"江南好"、"春去也"、"谢秋娘"等。大约只有《花间集》

里温庭筠的那一首《忆江南》可拿来对照一读。那一句"千万恨，恨极在天涯"，写得极是令人心醉。真真是往事不能再提。

　　千万恨，恨极在天涯。
　　山月不知心里事，水风空落眼前花，摇曳碧云斜。

一句"山月不知心里事"倾倒后人无数。花间词自有它婀娜不尽的美。纵是写情之憾恨，也是繁丽更胜，婉转更胜。就好比温庭筠的《忆江南》词婉丽过纳兰容若这一首《忆江南》，却不及纳兰情切，不及纳兰词情真。这个"真"字，说的是一种诚坦、省净、洗练。

纳兰词多是写一种意，一种情，一种境。读纳兰词，你终将得知，情始情终，不过来去二字。纳兰容若这一首《忆江南》不过尺幅小令，却能写得如此意兴流连。

纳兰容若是个心思柔细、情深意切的男子。善短调小词。词风幽深，凄婉，娟秀，空灵。所作情长之词，皆有一种落寞和孤寂在。且是与旁人完全不同的一种心气。是那种与生俱来的人生领悟，在世间蹉跎之后呈现出来的一种幽独。

只自怜（赤枣子）

惊晓漏，护春眠。格外娇慵只自怜。

寄语酿花风日好，绿窗来与上琴弦。

——纳兰容若《赤枣子》

这一笔，容若写的是怀春少女。

少女怀春是寻常事。娇羞，新艳，蓬勃芳郁。婉丽少女，在情窦初开的年岁，单是立在某处，周身便就有一种气韵在流转的，会莫名成为一道令人悦目的风景，引人注视。纳兰心细如尘，思维敏锐，将少女怀春之心迹，一字一句都写得温柔又到位。

彼时，天方破晓，她尚在眠睡。却忽听更漏一声惊，便从梦里慌乱乱醒来。侧目不见异动，神色却已微微不安。似是孩童，却又已然褪去了幼嫩，有了自制力，不愿因这惊而露了怯，便克制住。

古人以漏壶计时。中国古代的漏壶也被称做"更漏"、"刻漏"。起初，漏壶是在漏壶中插入一根标杆，称为箭。箭下用一只箭舟来托，使之浮于水面之上，称之为"箭漏"。水流出或流入壶中之时，箭会下沉或者上升，借以指示时刻。水流出者，为泄水型漏壶，叫做沉箭漏；水入壶者，为受水型漏壶，叫做浮箭漏。箭漏便分为这两种。

另有以滴水重量判断时辰的，叫做"称漏"。亦有以沙代水的"沙漏"。

唐代李肇曾在《国史补》里有如下记语："初，惠远以山中不知更漏，乃取铜叶制器，状如莲花，置盆水之上，底孔漏水，半之则沉。每昼夜十二沉，为行道之节，虽冬夏短长，云阴月黑，亦无差也。"这说的便是唐代铜制漏壶，言其计时准确。

开篇一字"惊"，即写出了一道如画风景。动静相宜。

少女惊梦，是一种美。因晓漏而惊，却能因势按捺住心中微慌，侧身辗转，以护春眠。自幼便听得春困一说。一句"春眠不觉晓"，也隐隐便能窥知那春眠之好。于是，这一醒来，她竟怜惜起自己来。可惜了这本欲好眠的良辰。

又有"娇慵"二字写少女。将少女内心之娇嗔、慵懒刻画鲜活。似于纸间便可见她婀娜仪态，动人心魄。唐诗人李贺亦有诗作《美人梳头歌》用到"娇慵"二字。

西施晓梦绡帐寒，香鬟堕髻半沉檀。
辘轳咿哑转鸣玉，惊起芙蓉睡新足。
双鸾开镜秋水光，解鬟临镜立象床。
一编香丝云撒地，玉钗落处无声腻。
纤手却盘老鸦色，翠滑宝钗簪不得。
春风烂漫恼娇慵，十八鬟多无气力。
妆成婑鬌欹不斜，云裾数步踏雁沙。
背人不语向何处？下阶自折樱桃花。

一句"春风烂漫恼娇慵，十八鬟多无气力"语罢，犹见她清妩又媚丽的梳妆模样。再说回纳兰这首词。词至下阕，便是另一番风景。少女何以娇慵何以自怜？也不过就是心中涟漪泛泛，有了情意。

也因是这隐秘情意，纵她在这日光盛盛的下午自梦里被漏声惊着，继而醒来，只看一眼窗外春花，却也觉得，好愉快，好自在。

那句"寄语酿花风日好"最是妙。忽一刹那，少女春眠又惊梦的画面便灵动起来。但见，她对春花私语，催花绽放，幽幽开口说着深隐的私房话。那是属于她的私密的少女心事。

却又是难以尽言。到底是她心有意，花木却无情。无奈之下，她便只能将一心琳琅美人意诉诸那把妙音的琴。女子亦有少年时，但那隐秘心事唯有自己一人知。清落落的少女心思，再妖娆，质地也终归是云清水淡的。

曾几何时，他身边也曾有这样一个如水似花的她。

耐寂寥（忆王孙）

西风一夜剪芭蕉。倦眼经秋耐寂寥？

强把心情付浊醪。读《离骚》。

愁似湘江日夜潮。

——纳兰容若《忆王孙》

日月忽其不淹兮，春与秋其代序。

惟草木之零落兮，恐美人之迟暮。

夜读《离骚》，读出一心难耐孤楚。纳兰如是。也是时为三秋，窗外西风吹荡了一整夜，风过芭蕉林，声声入耳成苍凉。本已是凉时，又有呜咽风声，午夜梦回时分，他便觉心中愈加寂寥。

是有一种幽愁暗恨在心底。于是，他便夜夜孤坐对青灯，难以成眠。入了秋，四下里皆是枯色暗调，黄叶天黄叶地，看在眼里，更是别有一番忧愁滋味在心头。

素有"借酒消愁"一说。是为男子，执一壶酒，抛却世景之萧疏人情之寡淡，倒也姿态潇洒。却无奈，举杯消愁愁更愁。因他心中郁结深久，那愁便也似住在身体当中，难以消却。于是，他便想索性去读书，以此来清定内心。

却不想，一纸文章是《离骚》，字里乾坤尽是"国恨"二字。

长太息以掩涕兮，哀民生之多艰。
余虽好修姱以鞿羁兮，謇朝谇而夕替。
既替余以蕙纕兮，又申之以揽茝。
亦余心之所善兮，虽九死其犹未悔。

是为"读《离骚》。愁似湘江日夜潮"。这愁，他大约是躲不过，避不及了。一壶酒，一本书，一阕《忆王孙》诉尽纳兰心底愁。

他写愁，是不隐蔽，不晦涩，不内敛的。他是肆意跋扈地去写，毫不留情地去写，赤情裸意地去写。虽不是句句有愁，却又果真是字字皆有愁情愁意。不管迎拒，吟在口中，便有一种萧索黯然在心头。那愁，他逼迫你与他感同身受。

彼时，纳兰容若正值盛年，是血气方刚的男子。虽是心思细腻善感之人，却也始终不忘少年立誓时的那一腔壮志。生是贵胄，一生都顺风顺水，甚至可谓之平步青云。弱冠年岁，文武双全的纳兰便开始常年伴随康熙帝。御前侍卫的声名虽煊赫，但个中冷暖却唯有他知。

御前侍卫，是要职。顾全帝王，护他平安，不可谓不重。非是康熙亲信，是绝然不可能有机会伴君一侧的。却也正是如此，他力所能及的事便只是随君出行，鞍前马后，但未能对天下事尽心半分。

其实，也是因为纳兰容若心气太高，于是，一时间便一叶障目，未能理清头绪。其实，护全了皇帝，已是了不起的功绩一件，是他人力不能及且无可替代的。

但彼时，身为康熙心腹，守护一国之君之荣耀竟未能带给他半分安慰。倒不是容若贪图名利，身份煊赫如他已然无此必要。但彼时，他尚年轻。谁不曾在年轻时怀揣过一心鸿鹄之志。

生命路途平顺如他，几乎是生无坎坷，于是，彼时盛年的纳兰容若胸中的那一颗玲珑心依旧尚待打磨。如许经年，自有一日，他会心目开朗，潇洒对世情。却可惜，纳兰容若英年便逝，竟来不及，暖烟和月，乐归天伦。

　　如此一说，纳兰容若这一世，倒真是一生惆怅，愁中是愁。

无人语（玉连环影）

何处？几叶萧萧雨。

湿尽檐花，花底无人语。

掩屏山，玉炉寒。

谁见两眉愁聚倚阑干。

——纳兰容若《玉连环影》

纳兰容若这阕词写得极美。

写的是女子之孤清，之无力，之思无可思。

而今是何时？只见窗外一帘雨。冷冷萧萧，将屋檐下她那年植种下的花渐次淋湿。于是，便见那花，湿湿答答，颇有姿态，似在与人说话。只可惜，花间无人，是孤掌难鸣，无人应答。"檐花"一词极为美妙。吕滨老的《小重山》也有"檐花"一词。

雨洗檐花湿画帘。知他因甚地，瘦厌厌。
玉人风味似冰蟾。愁不见，烟雾晓来添。

烦恼旧时谙。新来一段事，未心甘。
满怀离绪过春蚕。灯残也，谁见我眉尖。

所谓"檐花"，即是"檐下之花"。写至这一处，词中景深跨度初显。先是写屋外雨之潇潇，再写近处檐花湿尽。到下一句"掩屏山，玉炉寒"时便是将视线由远处收束，落于屋内。由远及近，景致层递，极有层次，极具画面感。

却见闺中，是伊人憔悴。看罢窗外萧瑟景致，她便孤零零转身将屏风掩合闭紧。本有青烟漫漫，自玉炉升。不料燃烟也似应景迎合这萧索风气，忽就香尽烟灭。远物，近景，刹那间，便皆有凉意。是孤寒清冷的，亦是寥落哀愁的。这样的时刻，最是令人觉得心中清落。

这阕《玉连环影》疑是纳兰容若的自度曲。自姜夔之后，词人自度词作已是平常事。但纳兰容若这一阕词，最是下笔温柔。温柔笔下，又是浓情。词不见得有何深意，但能得一真"情"字，也已是极好的，极不容易的。

纳兰容若是性情中人，词风亦婉约妙丽。无论长调或小令，皆离不开一个"情"字。这阕词，数遍念下来，又觉是纳兰容若写与深宫表妹的。宫门深似海，入得宫门，便是无路可回。纵他常伴君侧，也是不知高墙里头，伊人是福是祸。

他与她，青梅竹马时，也曾玩过你嫁我娶的过家家。却原来，两情相悦也抵不过皇上一句青眼有加的话。而今，他与她，已是隔着高墙，两不能见。她在宫里感伤，他在家中幽叹。

恰如这阕词的意境。他写愁时，她正心中盈满哀怜，转身掩屏风，任那玉炉烟寒。在那宫墙之内，她是身不自由，是寸情难耐。即使成了皇帝的女人，也无法左右心中相思意。但也是无法，她亦知道，自己这一世，也许就是这样了。

鸾孤月缺，两春惆怅音尘绝。
如今若负当时节。
信道欢缘，狂向衣襟结。

若问相思何处歇，相逢便是相思彻。

尽饶别后留心别。

也待相逢，细把相思说。

晏几道这般写，怕是心中尚有希望。期许来年他日与伊人再相逢。但是容若已然是没有这样的冀望。末句"谁见两眉愁聚倚阑干"将女子心中之哀感凄绝写到了极处。是默默无言的凝眉远望，是貌合神离的湮灭念想。

读罢这阕词，但觉一字，美。

怅惘、伤感、哀艳之美。

月茫茫（遐方怨）

欹角枕，掩红窗。

梦到江南伊家，博山沉水香。

湔裙归晚坐思量。

轻烟笼翠黛，月茫茫。

——纳兰容若《遐方怨》

　　先说词牌"遐方怨"。词牌"遐方怨"原始自唐时的教坊曲名，后经温庭筠之手，始用作词牌。自温庭筠之后，鲜有人填此词牌。即便是在词之最盛的宋代，亦是无一人作《遐方怨》。而今有纳兰这阕妙词，甚是难得。

　　"遐方怨"调有两体，分单、双调。温庭筠创单调，单调三十二字，七句中第二、四、五、七四句押平声韵。后来，唐文人顾夐、孙光宪创双调。顾夐和孙光宪虽声名不及温庭筠与纳兰容若，却也各自都有一首传世的好词。

顾夐有词《诉衷情》。一句"换我心，为你心，始知相忆深"，甚为惊艳。大有《饮水词》旖旎之妙，是真真可以穿透人心直抵爱恋内核的一句话。将他心，换她心，方可知，伊人一片相思意。

永夜抛人何处去，绝来音。
香阁掩，眉敛，月将沉。
争忍不相寻？怨孤衾。
换我心，为你心，始知相忆深。

孙光宪有词《清平乐》。一句"连理分枝鸾失伴，又是一场离散"，也是听者惊动，赞叹不已。总是有这样的好句子来蛊惑世间痴人，令人过耳难忘。恋之伴侣分离两地之苦，许是没有人能比孙光宪体味得更深刻。凭仗东风吹梦，与郎终日东西。

愁肠欲断，正是青春半。
连理分枝鸾失伴，又是一场离散。

掩镜无语眉低，思随芳草凄凄。

凭仗东风吹梦，与郎终日东西。

词都是好词，情真意切，词境极美。一如纳兰容若这首《遐方怨》。容若这首词写的是梦境，写的是他梦到珍爱女子的细碎点滴，也不知道是思怀还是追悼。但我知道，那女子，定然是他已擦肩而过的故人。是再也回不去的了。

深夜时分，阑珊阒寂，他灭了青灯，掩了红窗，回身便斜靠角枕，侧卧床上，恹恹睡去。本是一枕好眠，她却无端入了梦里来，让他心潮起伏，波澜壮阔，竟有一种似是少年人的惊动，恍惚之间似见到那旧年深爱之人朦胧的脸。

纳兰容若写到"梦到江南伊家"，江南二字似有所指。容若命中三五女子，只有沈婉一人是江南女子。于是，不禁便让人猜想，这阕词是否是追忆沈婉所作。也是真的可惜，他与沈婉，纵是情深，却无奈缘浅，相伴竟不过数月，便无疾而终。

又有"博山沉水香"一句，写梦境。"博山"是香炉名。博山炉，是中国汉、晋时期常见的焚香所用的器具。常见的质地为青铜和陶瓷所制。炉体呈豆形，炉上有盖。盖高而尖，镂空，呈山形，山形重叠，并有飞禽走兽雕于其间。因形似三大海上仙山之一的博山而得名。汉时，盛传海上有三座仙山，分别是蓬莱、博山和瀛洲。

诗仙李白有诗《杨叛儿》云："博山炉中沉香火，双烟一气凌紫霞。"写的即是博山炉熏香之时靡烟缭绕之意境。十分迷人。

另，"沉水香"即是指"沉香"。在这一句当中说的便是燃于博山炉内的沉香。沉香香料取自沉香树上，亦可入药，因此燃于香炉之内所释放出的烟雾本身便有奇异香味。

所以，容若一句"博山沉水香"可谓是将江南小家碧玉式女子的香闺之内、人与烟迷蒙之妙丽描述得千回百转，极是迷人。又写她"湔裙归晚坐思量"。说她犹似浣衣归家之后，心中空荡荡倚窗思量。如斯场景，在容若心中，会是怎样一种深蚀心骨的思念。

末两句"轻烟笼翠黛，月茫茫"更是写尽了容若心头那一点梦里见伊人可远观不可亲近的憾。那一种憾，是轻烟漫过她的脸，月光照进她的床，你我梦中两相诀的心意苍茫。

是谁也无法避过的，一种凄凉。

谁与伴（诉衷情）

冷落绣衾谁与伴？倚香篝。

春睡起，斜日照梳头。

欲写两眉愁，休休。

远山残翠收。莫登楼。

——纳兰容若《诉衷情》

又是一个孤独女子。

许多时候，人都是在独处。独处时间最是诡异。有人哀怜，有人窃喜，有人落魄，有人孤寂。也有人，只是心无旁骛地，凝望窗外，思念着远处不属于自己的某个人。仅此而已。一如这阕《诉衷情》当中，他写的女子。

最是这样的时分，人也最是慵懒。对一切事物都缺失了兴趣和热情。好比她。一句"冷落绣衾谁与伴？倚香篝"便述尽了孤清自处的境况。那人不在，这华美衣裳绣衾也就了无生趣。"谁与伴"亦是自语。谁与伴，与谁伴。倚香篝。

香篝，即是香炉，亦称熏笼、香熏，是用来盛点熏料驱赶蚊虫的器物。使用香篝的历史由来已久，约始于汉代，繁荣于明清期间。本身亦是精良的工艺品。置于室内，便是一角风景。

美人倚香篝。如此画面，想来也是有一种媚的。却可惜，美人心里寥落。因心中所念的人不在，于是漫长白昼也百无聊赖。昏昏一觉春眠醒来，竟已是"斜日"来照的日暮时分。

就这样将一天漫漫光景消度，反觉安稳。人心之弱，不堪惊痛。醒一时，对那人就念一时；睡一时，对那人的思念也就少一时。是曾在那人身上投放了多大的梦想，才被击溃至连一时一日也觉得难以熬度？谁也不知。

初读而后的"欲写两眉愁，休休"两句之时，倏忽便忆起温庭筠的那句"懒起画蛾眉，弄妆梳洗迟"。这两处的语词意境，实有异曲同工之妙。他不在时，妆扮便失了意义。青黛娥眉，欲写还休。青丝花环，梳洗偏迟。皆是纸间谈情的婉约词人，亦是隔世为知音的两个人。

> 小山重叠金明灭，鬓云欲度香腮雪。
> 懒起画蛾眉，弄妆梳洗迟。
>
> 照花前后镜，花面交相映。
> 新贴绣罗襦，双双金鹧鸪。

温庭筠这一首《菩萨蛮》与纳兰容若这一阕《诉衷情》，都是写闺中独居女子的孤清零落之苦。只是，温飞卿写得婉转婀娜，容若却写得清简深刻。虽各有妙处，但因容若这阕词较之温庭筠词少却了一些花繁之气，多的是一种直接的刺痛，便愈加令人觉得熨帖。

诸多情绪宣泄，在这一句"欲写两眉愁，休休"当中表达得尤为炽烈。本是想对镜描眉，但她是无法自抑地就将他念起。每及此时，一颗心便轰然坠地。一切妆扮的愿欲都消失殆尽。

春日迟迟，她无心妆扮，又是愁眉深锁。但紧接的末两句"远山残翠收。莫登楼"，又将女子愁情戛然收束，一句自语的劝阻将她内心一切惆怅思虑止住。窗外的山峦渐渐隐没在暮色当中，翠色消残，也是无须顾盼。已是断肠人，又何必再登楼望远，将心底那一点爱之余烬不留余地地彻底灭散。

纳兰容若这阕词颇有花间遗风。以闺阁情思入题，写思妇之忧。落笔旖旎，以数十字，得女子内心幽独之真意。语词柔媚，女子之孤之清，刻画得灵动深刻，蕴藉有致。

叹一句，往事如烟。

一相逢（如梦令）

正是辘轳金井，满砌落花红冷。

蓦地一相逢，心事眼波难定。

谁省？谁省？从此簟纹灯影。

——纳兰容若《如梦令》

本是相亲相爱之人，经年之后，再相会，竟是隔花两端，不能言语。容若这首词，最美妙处便是未言情衷，却读后深觉爱意恳切。

学者盛冬玲曾评述这首词道："在落花满阶的清晨，作者与他所思恋的女子蓦地相逢，彼此眉目传情，却无缘交谈。从此，他的心情就再也不能平静了。此作言短意长，结尾颇为含蓄，风格与五代人小令相似。"

词的开篇以"正是辘轳金井，满砌落花红冷"两句话勾勒出了一帧素丽的画面。金井寥落，落花红冷时，他与她见。景是好景，却多少有几分萧索之气。也因此，这开篇之句便给这首词定下了一个淡淡的忧伤基调，有一种低落的情绪在。

何为"辘轳"。辘轳，是一种利用轮轴原理制成的汲水起重装置。《辞海》当中这样说明"辘轳"一物："井上竖立支架，上装可用于手柄摇转的轴，轴上绕绳索，两端各系水桶（亦有仅一端系桶的），摇转手柄，使水桶一起一落，汲取井水。"

而今，容若面前这口井，已经枯了。唯有落花满砌，一片红冷。

他便是在这样萧索的景色里，与她相望。竟也因此，她被这暗淡冷清的景衬映出一种无可比拟的幽静。似是天上人，落在凡尘里。这阕词，大约是容若写与表妹的。

相传，容若和表妹青梅竹马，二人感情也温柔发生，平顺延展，却在这一双人正当好年华的光景，遭遇了一场始料未及的分离。忽一日，他竟得知，姿容妙丽的表妹，受父母之命，入了宫。

正是一别几度秋。而今，不经意间，再相见，只道是"蓦地一相逢，心事眼波难定"。容若这一处的落笔，极是婉转，却又意蕴清晰，是在表达他对她的恋慕与钟情。这一份情，始终未曾有分毫更改。只是如今，情在，缘不在。纵是相见，也是无言。

容若这阕词最美妙的地方，当是末三句。"谁省？谁省？从此簟纹灯影。"词讲究的便是意蕴。全篇吟诵下来，情绪铺垫、积蓄至此，豁然释放，语词虽淡，似随意又清简，却有余音绕梁之感。"从此"二字最是意兴阑珊，似是起誓一般决然。

所谓"簟纹"，即是竹席纹路。簟纹灯影，意即表达那种孤自独处，与青灯为伴的寂寞。大文豪苏轼在组诗《南堂五首》当中也有"扫地焚香闭阁眠，簟纹如水帐如烟"之妙句。

只可惜，从此之后，却是簟纹灯影，孤清无伴。一腔情恨情憾，经由"簟纹灯影"四个字，被表达得精准又婉转。他不曾料想，而今这一见，美好之余，却又至为哀伤。

他不知,她是否还曾记得。

那年那月,他与她,月下初见。

那人心（如梦令）

纤月黄昏庭院，语密翻教醉浅。

知否那人心？旧恨新欢相半。

谁见？谁见？珊枕泪痕红泫。

——纳兰容若《如梦令》

思忆旧情旧事，难免沦落至自怨自艾。人皆是骨子里念旧的，纵使日后有改变，也总是会有这样一段不忘当初爱恨相伴的时候。

容若是个多情又情深、细腻又敏感的人。每至暮色微垂的时分，抬头见昏暗云天，低头见落花满阶，他便连同回忆一起沉陷在这眼前暗淡的景色当中了。是这样一个用情至深的男子，一草一木落在他眼中，都是具备浓稠情意的。

小令前两句即是忆旧。"纤月黄昏庭院，语密翻教醉浅"，是暮色照大地，庭院昏黄。月色落下，尽是惘然。他记起那年，她也曾与他花前月下，饮酒说话。却不想，听她细细密密一席私房话，叙语缠绵，竟消散了酒意，变得气爽神清。

酒再甘醇，也是抵不过她的一句一往情深。

却如今，亦是物是人非，酒还在，月还在，她却不在。一来二去地思索，他竟似孩童一般，有了怨怒。爱到深处总生恨，竟说起"知否那人心？旧恨新欢相半"的话来。人一旦相思到了极处，难免变得焦灼，甚至刻薄。那人现在是新欢做伴，抑或念旧不忘。他不知。

猛然想起前日读的书，是一位台湾女作家的随笔集。她写道：分手之后，念起那人，心里希望他好，却又想，也不必太好。如此复杂纠结之心理，若要言明深细，不是易事。但爱过的人，定然都懂。就是那样一种爱至极处，喜恨参半的心情。

其实，他不是想要去猜疑。只是，内心那种情意暗涌是难以自制的。他只是太怕被她遗忘，他只是希望她也会偶尔思念起他。相思人在彷徨，于是作下了这首哀怨的《如梦令》。爱如梦，情如梦，伊人如梦。

纳兰容若这首词写得用情不吝。绵绵情意渐磅礴，终在最后"谁见？谁见？珊枕泪痕红泫"几句被彻底释放。惊觉这男子竟是如此易感之人，甚至过于细腻了些。但正是这种别于其他男子的温柔，才让纳兰词别具魅力，兼有男子之耿直与女子之清媚，有一种迷醉人心的美。

末句"珊枕泪痕红泫"中"珊枕"和"红泫"二字可分开小解。珊枕，即是珊瑚枕。珊瑚多为红色，因此在这一处，纳兰许只是代指红色睡枕。"红泫"本是指女子因面敷脂粉，落泪之时，泪会洇染成红。后指代生离死别之泪。可见容若思念之孤楚，之痛。

也是。会有谁见，他深夜不眠，泪湿珊枕。作词《如梦令》，亦不过是空惆怅，徒奈何。如花美眷，似水流年。而今，他跟她，果真是，回得了过去，回不到当初。

半浮沉（如梦令）

木叶纷纷归路。残月晓风何处。
消息半浮沉，今夜相思几许。
秋雨，秋雨。一半西风吹去。

——纳兰容若《如梦令》

彼时，他与她相遇，彼此是两不相识。却又仅仅因这当下一面，他就再不能忘了她。也是才子风流，遇得佳人如她，只稍一瞬，便似春风迎面，花繁满园。世间一切喧扰都默默退去，唯剩他与她，四目相对。

一见钟情之美，就在于彼此目光交会的一刹。

纳兰容若这首词极有可能是写给女子沈婉的。当年，也是经至交顾贞观介绍，容若方才有机会与汉女子沈婉江南一见。却因是初见，彼此都是心中怯怯，就只是那么隔着春花，默默相望。

当时，容若爱妻卢氏去世时日已久，虽也继娶官氏为妻，一样是美人，但落在容若眼中到底是有了差别。亡妻卢氏可谓是雅人深致，虽不是才绝，却也是善书知画的女子。官氏虽贞静贤淑，却不善文墨，多少令容若多了几分寂寞。

沈婉却恰是那百花丛中最婀娜婉丽的一朵。人美，敏慧，琴棋书画，无一不精，是难得的好女子。如此良人，在容若挚友顾贞观的眼中，大约也只觉容若可与之匹配。因与容若交往甚密，也是深知容若内心孤楚，于是，便有心促成二人。

但二人情路并不平顺。彼时，容若在江南逗留时间有限，与沈婉也就匆匆一面便分离。而后，尽是想念，尽是相思。

是日，落叶满地，秋意深浓。他走在这既熟悉又陌生的路上，记起她。曾经执手走过海棠花下，而今却分散在天涯，叫他不能不伤感。每一段感情开始，都以为会与那人携手到老。直至物是人非曲终人散，独自走过那长街短衢，方才知道，与那人，果然是再不能回去了。

纳兰词当中容若化用前人词句现象是常见的。虽是语词相近，被他转而一用，便往往有原本无有之妙趣。一如这阕词当中"残月晓风何处"和"秋雨，秋雨，一半西风吹去"两处。

柳永的"今宵酒醒何处，杨柳岸、晓风残月"是少年时便熟记在心之句。唯美意境当中尽是寥落暗淡的心意。容若化用而成的这一句"晓风残月何处"，是叩问，亦是追忆。时过境迁的道理他不是不懂，只是未能如常地来应对。

自那年分离，别后经年，那人是"消息半浮沉"。偶尔会从旁人口中得知一二。假装漠然不理，却窃窃记到了心里。就是这样一回事了。只是可怜了他这一夜，相思如许。

最后的"秋雨，秋雨，一半西风吹去"则是化用容若好友朱彝尊的那阕《转应曲·安丘客舍对雨》词当中的"秋雨，秋雨，一半回风吹去"。原词如下：

秋雨，秋雨，一半回风吹去。

晚凉依旧庭隅，此夜愁人睡无。

无睡，无睡，红烛也飘秋泪。

　　也是写秋夜思人的一阕词。但怎么读，都觉欠了几分
灵气，不如纳兰容若这一首《如梦令》来得清幽，缱绻，轻
柔。多少红颜醉，多少相思碎。纳兰词总是这般，轻轻一
点，就能触动你我心中情意流连。

若问生涯原是梦

音书断（天仙子）

梦里蘼芜青一剪，玉郎经岁音书断。

暗钟明月不归来，梁上燕，轻罗扇，

好风又落桃花片。

——纳兰容若《天仙子》

寂落女子心迹如斯，也是只有容若才能写得这样到位，这样熨帖。明白如话，不事雕琢，却又是反复吟诵也不觉暗淡。虽是情意浓稠，却亦不觉得哀怨过甚，只有爱与怜。

词中"蘼芜"一物，是古代文人的心头之好。蘼芜，又名蕲茞、薇芜、江蓠。据辞书解释，它是一种香草，苗似川芎，叶似当归，香气似白芷。妇女去山上采撷蘼芜的鲜叶，回来以后，于阴凉处风干，叶子风干可以做香料，亦可以作为香囊的填充物。古人相信蘼芜可使妇人多子，于是多做成香包佩戴。

但"蘼芜"一词在古典诗词当中往往寓意夫妻分离一类的女子闺怨。古诗集《玉台新咏》当中亦有诗曰：

上山采蘼芜，下山逢故夫。
长跪问故夫："新人复何如？"
"新人虽言好，未若故人姝。
颜色类相似，手爪不相如。"
"新人从门入，故人从阁去。"
"新人工织缣，故人工织素。
织缣日一匹，织素五丈馀，
将缣来比素，新人不如故。"

这是一首语词直白、朗朗上口的诗。也不知何时，他便有了二心，离了她身旁，有了新的人。却可惜，再见之时，她到底未能忍住问了一句"新人复何如"，且不料他竟答"新人不如故"。衣不如新，人不如故的道理人人皆懂，但也抵不过男子见异思迁的心。如今再见，纵是情长难断也是惘然。

又有南北朝诗人谢朓《和王主簿季哲怨情诗》写：

掖庭聘绝国，长门失欢宴。
相逢咏蘼芜，辞宠悲团扇。
花丛乱数蝶，风帘入双燕。
徒使春带赊，坐惜红妆变。
平生一顾重，宿昔千金贱。
故人心尚尔，故心人不见。

诗中连续使用了三个典故来写女子被弃的哀怜之心。写王昭君，写陈阿娇，再写班婕妤。千般女子，万般情意，到最后竟都沦落至被弃的伤心境地。"蘼芜"一词也在这两首诗中似谶语一般被赋予一种哀愁、凄清、幽凉之意。所谓，爱似蘼芜，香亦清苦。

玉郎，说的是女子之夫。玉郎就是对男子之美称，女子亦通常用作对丈夫的爱称。唐代文人牛峤作有一首《菩萨蛮》，便有"门外柳花飞，玉郎犹未归"的句子。

丈夫因事离家经年，音书尽断。女子心中之挂念可以想见已到了何种程度。即使入了梦，见那蘼芜发青，经年过去，竟已齐整成片，也避不开要感叹流年似水，要念起经年未见的人。

纳兰容若这首《天仙子》词当中，女子便哀凄如是。每至午夜时分，更是伤感。抬头是月明如霜雪，亦有钟声不绝于耳，但望远方，却始终不见男人归来。日日期盼，夜夜空待。唯有梁上新燕和手边罗扇相伴。真真是，人一去不复返，情一去不可待。

世间女子，纳兰最懂。
因为懂得，所以慈悲。

天咫尺（天仙子）

好在软绡红泪积，漏痕斜罥菱丝碧。

古钗封寄玉关秋，天咫尺，人南北，

不信鸳鸯头不白。

——纳兰容若《天仙子》

他写相思，情深似痴。

相思一事，无论入诗入词还是作文，写起来总是会比别的事要来得温柔动人。即便当中有思之念之的艰辛熬煮，亦是无碍。若是由纳兰容若来写则又会添一种曼妙在其中。不但如此，容若这阕《天仙子》浪漫语词当中更独具一种古意。

这古意主要体现在其中的借喻和典故里。首句写"好在软绡红泪积"。读罢好像果真见那女子将一腔相思书于软绡之上寄与他，红泪相伴，字近氤氲。句句皆是情深，皆是惦念。

"红泪"，是说女子因面染胭脂，泪落之时被染红，故称红泪，是女子心伤之泪。"红泪"一词有一典故。北宋张君房辑纂的《丽情集》当中记有一女子名唤"灼灼"。"灼灼，锦城官妓也，善舞《柘枝》，能歌《水调》，御史裴质与之善。后裴召还，灼灼以软绡聚红泪为寄。"

纳兰容若的《如梦令》当中亦有出现。

纤月黄昏庭院，语密翻教醉浅。
知否那人心？旧恨新欢相半。
谁见？谁见？珊枕泪痕红泫。

彼时，容若扈从出塞，因事离家，与妻子卢氏分居两地。毕竟是康熙帝的御前侍卫，一切行止都依康熙帝行程为准，与妻子小别亦是常有的事。容若与妻子卢氏感情甚笃，卢氏又是知诗情识风雅的女子，于是，这相思的信件也是与旁人不同，她不用纸来写，却用绢丝来书。

文字最易与人的内心知会产生共鸣。她书写时，是内心寥落至极的。愈是多写一笔，思念便愈是深刻。写至最后一个字，她便终于忍不住，泪眼婆娑。那泪，一滴一滴都落入了那软绡当中，覆于字上，洇染而入。

于是，容若写"漏痕斜罥菱丝碧"。此一句当中"漏痕"与下一句"古钗封寄玉关秋"当中的"古钗"都是用来比喻书法当中草书的。他说，这信上字迹，因泪斑驳，竟反倒似潇洒草字，如斜挂的菱罥上的行行花纹。别有一种美。但这美，此一刻，只觉凄清。

宋词人姜夔在其书法艺术论著《续书谱》当中有"草书用笔，如折钗股，如屋漏痕"之句。折钗股，也是比喻草书用笔的一种技法。钗是女子饰物，质坚而韧。此处是借以形容转折的笔画，虽弯曲盘绕而其笔致依然圆润饱满。屋漏痕，则是比喻书法用笔犹似屋墙破壁之间的雨水漏痕，旨在形容笔画之凝重与自然。

到词的下阕，容若转而抒情。语词简白，但情意缱绻。时已深秋，他身在玉关，日日盼归，与妻子相聚，却一等再等，归期不至。相思本就不是一个人的事。她念他之深，一如他思她之切。恰此时，妻子一封家书千里来寄。

彼时，他手执她信，他与她，似咫尺之间，却又实是天涯之隔。咫尺天涯就是这样的意味了。浓情蜜意之下，尽是爱之艰辛、爱之苍凉与爱之无奈。于是，他才会说"不信鸳鸯头不白"。思念太深，连鸳鸯亦会白头。

愿得一心人，白首不相离。

心自醉（天仙子）

水浴凉蟾风入袂，鱼鳞触损金波碎。

好天良夜酒盈樽，心自醉，愁难睡，

西风月落城乌起。

——纳兰容若《天仙子·渌水亭秋夜》

野色湖光两不分，碧云万顷变黄云。

分明一幅江村画，着个闲亭挂夕曛。

这是纳兰容若写的诗，题为《渌水亭》。写的是景，道的是情，是心。那日，暮色临时，天色一片苍黄，光照大地与湖水。眼下之景犹似一幅描摹江村日落的画，且有一座渌水亭来勾留住夕阳光辉。是极美的画面。寥寥数语之间，便知容若对"渌水亭"一处之喜爱。

渌水亭，是纳兰府上的一处池上园亭。而今位置不明。许是在京城内什刹海畔，许是在京城西郊的玉泉山下，亦可能是在其封地皂甲屯玉河之滨。在纳兰词当中，多有描写水生植物的词句。这也与这座渌水亭关联密切。因渌水亭本便是容若读书、写作与会客之地。

　　容若独自一人时，便常在渌水亭作诗填词，研读经史，著书立说。并在此处撰著而成《渌水亭杂识》一书。容若自己亦爱有才之人。彼时，他与各方名士皆有往来，譬如，朱彝尊、陈维崧、严绳孙、梁佩兰、姜宸英、顾贞观、秦松龄、叶方蔼等。于是，他便常在渌水亭邀客燕集，雅会诗书。

　　容若将这处傍水之所取名"渌水亭"也是别有深意。"渌水"二字，意指水之清澈，水之淡泊，水之涵远，有一种内在的清定和寂静。也是纳兰容若的内心关照，因他骨子里便是一个恬静淡定的男子。

　　以渌水亭入题，作这首《天仙子·渌水亭秋夜》词来抒内心孤愁，亦是情理之中的，是再妥帖不过的。没有一处地方，会比渌水亭更适合容若抒情达意，作诗填词了。

这年秋，他是独自一人，妻友皆不在。天阶夜色，凉薄似水。"水浴凉蟾风入袂，鱼鳞触损金波碎"这两句写得很美。生动似画，用"凉蟾"借指月亮，"金波"借指月光。风入长裳之时，月色如洗。水中月影，亦是美极。

却可惜，这般美景，看在眼里，竟别有一番落寞生在心里。"好天良夜酒盈樽"，如此良辰，如此美景，他却只能孤自一人，对星自斟，对月自饮。好似九百年前那夜诗仙太白"花间一壶酒，独酌无相亲"之心涯空寥。真正是绿酒朱唇空过眼。心自醉，愁难睡。

彼时，他与顾贞观等人把酒夜话的场景依是历历在目，与妻子卢氏月下流连的画面犹似昨日。而今，却是一切都已不在，仿佛不曾有过，亦仿佛，幻梦一场。却可惜，他竟迟迟不愿醒过来。也不知，这世间是否果真有一壶酒，可教人，醉生梦死。

纳兰容若这一世，说是平顺，实则难安。若是这生涯浪漫与内心背离，纵是荣华，也是惘然。他一身好武艺，满腹才情，却亦抵不过三两知己，一位好妻。虽也曾有"慷慨欲请缨"之志，但一切功名亦不过是过眼烟云。时岁逝去，可以存留在心的，亦不过只是那些旧事旧人，旧情意。

末了，他那一句"西风月落城乌起"，读来极是苍凉。念这一句时，仿佛能见：那年那夜，他只身一人，望月，饮酒，作诗，然后转身消失在乌鹊四起的黑暗中。

　　来去孑然，与世情相离。

影凄迷（江城子）

湿云全压数峰低，影凄迷，望中疑。

菲雾菲烟，神女欲来时。

若问生涯原是梦，除梦里，没人知。

——纳兰容若《江城子》

容若的《通志堂集》当中收录这首词时，有词题为"咏史"。但细细品来，纳兰容若这首《江城子》的词意与历史并无干涉，若要硬当咏史词作来解，那么，所咏的便只是宋玉梦神女之事。

宋玉是历史上十分出名的美男子，楚地人，屈原弟子。除了一副惊为天人的容貌，所作的《高唐赋》与《神女赋》两篇赋亦是极为妙丽的上品之作。宋玉梦神女的传说自是由

《神女赋》而来。

神女之美，一如宋玉之言："茂矣美矣，诸好备矣。盛矣丽矣，难测究矣。上古既无，世所未见，瑰姿玮态，不可胜赞。"倾国之貌，世间无二，绝无可挑。上古不曾有，今世亦不曾见。再好的语言也是无可比拟的。就是到了这样一种至绝的美。

于是，纳兰容若方才将她印刻在心，并为之作词，以为纪，以为念。所作的这首《江城子》可谓是极为梦幻。反复吟诵，亦有身临其境之感，好似可见当年梦。

"湿云全压数峰低，影凄迷，望中疑"写梦中巫山云雾缭绕，烟雨迷蒙。远远望去，那十二山峰似被湿云所覆，山影凄迷。如此迷离之景，真是神女将至的预兆。云光熹微，却也是极美。只是，那年夜，宋玉与神女梦中相会之好，除了宋玉自己，旁人大约亦是不可得知。

后一句"若问生涯原是梦"则是化用李商隐的"神女生涯原是梦"一句。两句词意，亦是相佐，都有一种喟然之态，情绪低回。而重点则是引出"除梦里，没人知"二句。这两句才是此词之真意所在。学者盛冬玲曾评说此词道：

"词人用了巫山神女的典故，但容若生平履历，未到过三峡一带，当是在别处遇到了欲雨不雨的天气，望着遮掩在浓云密雾中的群峰，联想到了那位'且为行云，暮为行雨'的神女，又联想到自己过去的恋人和情事，感而赋此。全词语意迂曲，使人有'影凄迷，望中疑'的感觉，可能作者有难言之隐，所以采取这种表现方法。"

且不论这阕词是否果真是咏史词作，但容若在此所要表达的，定远远不止一个"史"字这般简单寥落。正如"除梦里，没人知"两句的情意抒发和表达，在这阕词当中，纳兰容若自有某一种不与人知的哀伤的寓意在。却无只字言明，只是留白。

生之欢伤喜悲，如人饮水，冷暖自知。

千帐灯（长相思）

山一程，水一程，
身向榆关那畔行，夜深千帐灯。

风一更，雪一更，
聒碎乡心梦不成，故园无此声。
——纳兰容若《长相思》

长相思，极动人的三个字。单单一个词牌，便已胜了三分。此词牌名自南朝乐府诗而来。南朝萧统编选的《文选》当中有著名的乐府组诗《古诗十九首》，其中便有"上言长相思，下言久离别"的诗句。

孟冬寒气至，北风何惨傈。
愁多知夜长，仰观众星列。
三五明月满，四五蟾兔缺。

客从远方来，遗我一书札。

上言长相思，下言久离别。

置书怀袖中，三岁字不灭。

一心抱区区，惧君不识察。

也是深情女子。夫君在远方，她凄然独处，内心孤寂不可言说，唯有一心痴爱沉淀下来，支撑她护佑她看顾她。容若随君在外，竟与这女子成了映衬，有一种寂寥的默契在。她在记挂她的他，他在思忆他的她。还有，千里之遥的故园。那个家。

开篇两句"山一程，水一程"令人不禁想起"孔雀东南飞，五里一徘徊"两句诗和梁山伯与祝英台长桥十八相送的事。是有那种往复和曲折的意境的，是极有层次感的一帧画面。山光水色青于蓝，亦是在写路途之遥。经山，又历水。

学者钱仲联在《清词三百首》当中记道：

"《康熙起居注》：清康熙二十一年（1682）二月十五日'上以云南底定，海宇荡平，前诣永陵、福陵、昭陵告祭'。'二十三日辛丑，上出山海关。''三月初四日壬子，上至盛京。'性德以侍卫随行。此词是尚未出山海关时途中所作。写千军露宿，万帐灯火的壮观和风雪交加的旅途感受。"

康熙二十一年，康熙帝平定云南。是年二月十五日，康熙出关东巡，祭告奉天祖陵。纳兰容若作为御前侍卫，此时自是随同康熙帝出关，前往告祭。"身向榆关那畔行"一句道明行路方向为"榆关"，即而今的山海关。因旧时边塞常植种榆树，因此被称为"榆关"。

军队向山海关方向缓缓行进。夜深时，军队驻扎下，远远看去，千帐灯海，起伏连绵，竟也是壮丽。只是彼时的塞上，是三月风雪凄迷天。日日皆有刺骨寒意席卷而来。环境之恶劣，非是而今你我可以想见。如此境况之下，容若便心生稚童似的眷念，想起家来。

思乡情意到词的下阕，开始抒发得更为直接坦诚。风雪交加之夜，他独立塞外，见天地苍茫，"风一更，雪一更"。一听烈风呼啸，二看雪落满襟。如斯景况之下，容若难免心生感慨，思忆故园。

北方关外的天气异常糟糕，风声聒噪琐碎，让他内心难安，无法成眠。"聒碎乡心梦不成，故园无此声"。这一些喧嚣，皆是家中不曾有的。那一头，此刻，定是平和宁静，令人身心熨帖的。

昔人已乘黄鹤去，此地空余黄鹤楼。
黄鹤一去不复返，白云千载空悠悠。
晴川历历汉阳树，芳草萋萋鹦鹉洲。
日暮乡关何处是，烟波江上使人愁。

蓦地想起唐诗人崔颢这首《黄鹤楼》。最后"日暮乡关何处是，烟波江上使人愁"二句表达的情绪恰似这一处纳兰容若千帐灯下的无眠乡心。无论是贵胄之身，抑或是清贫之躯，皆有一颗对家的皈依之心。不暗不明，生死相依。

家，是一生一世的执念。

画眉同（相见欢）

微云一抹遥峰，冷溶溶，
恰与个人清晓画眉同。

红蜡泪，青绫被，水沉浓。
却与黄茅野店听西风。
　　　　　——纳兰容若《相见欢》

默契。

这阕词意境微凉，但所言之物，亦不过"默契"二字。他思念她时，她亦是在心底千回百转记挂着他。他处是"微云一抹遥峰，冷溶溶"。她处则是"红蜡泪，青绫被，水沉浓"。

天边一抹云，远山则如黛。遥遥望去，那暗青色山脉连连，温柔延展，好似她清晨梳妆时轻绕绕画出的两道眉，令他忍不住要多看几眼，那是一种唯有他知他晓他可看懂了悟透彻的美，是只被展示于他眼下的美，是他与她之间的一种深情默契。

这阕《相见欢》大约亦是纳兰容若作于出使途中，见山川寥落便思忆妻子，作下此词。上阕表面是工笔描绘眼前自然景致，实则在写心中惦念之思。到下阕，便转了情景，写的是她处的心情。他有这样一腔自信，确知此时，彼此之间有一种羁绊和默契。

事实上，这首词也确实极有可能就是写给他的发妻卢氏的。他想，她定然也是在家中对自己思念不已。于是，他便写下"红蜡泪，青绫被，水沉浓"几句，勾勒出彼处伊人独守空房的情状。是拥衾独坐，是泪流满面，是独与缭绕沉香相伴。

雨过残红湿未飞，珠帘一行透斜晖。
游蜂酿蜜窃香归。

金屋无人风竹乱，衣篝尽日水沉微。
一春须有忆人时。

提及"沉香"，便想起周邦彦这一首《浣溪沙》。这首词所写之事、所发之情也是女子暮春怀人。暮春时节，微雨过后，屋外是一派阑珊景象。残花和细雨，细雨湿流光。花虽残，却未凋，透过一行珠帘，依旧可见魅影花光。

忽有蜜蜂，百花丛中穿梭而过，显着朝气。也因此，那残红落日之黯然便也忽然之间消淡了去。这一帧景，与女子内心孤寥有了对比。上阕写春景缭乱，却深藏着孤寂寥落之意。下阕是写女子闺房事物。景是由远及近，情便是由浅入深，层次分明。

日暮时分，窗外是风过疏竹，参差摇曳。室内是斜晖满地，竹影斑驳，景况凄清。"金屋无人风竹乱"一句用了汉武帝金屋藏娇之典，在这一处"金屋"则是指代女子的华丽闺室。他说，室虽华美，但女子却甚是孤寂。再有"衣篝尽日水沉微"，与容若那句"红蜡泪，青绫被，水沉浓"相得益彰，女子终日与那袅袅沉香相伴，孤静哀伤。

在这春暮花残的时令，在这日暮斜照的时分。那人远在天涯，不可依，不可偎，念想亦无意。一句"一春须有忆人时"道破了她的心事。他赠她金屋，却抵不过当下的相思一寸。这样的惆怅，数百年后，容若因了一种情思，作了别词。

写回容若的词。沉香一句之后"却与黄茅野店听西风"是这首词的情意所归。"黄茅野店"指"黄茅驿"，此处便指代荒村野店。斑斓往日，化作相思。身在闺中，心在他处。与他同听西风咆哮，共享荒野之寂，之清，之潦倒和美妙。

如是，两地相悬，心相印，意相连。

梦凄迷（相见欢）

落花如梦凄迷。麝烟微，
又是夕阳潜下小楼西。

愁无限，消瘦尽，有谁知？
闲教玉笼鹦鹉念郎诗。
——纳兰容若《相见欢》

纳兰词，总是词中有画。他是词人，亦似画师。一笔一勾勒，春花秋月，夏雨冬雪，便跃然纸上，词间缠绕，缓缓浮在眼前，令观者有身临其境之妙趣。是真正的如诗如画。

是已入秋，落花缤纷，似梦凄迷。他作下这首《相见欢》。是写女子之情之心之思，亦是千回百转隐忍难灭的幽愁暗恨。是为女子，总是内心纤细敏感，比男子要多出几寸情怀的。

这日，她独自在殿中，行于廊下，遛鸟看花。也不过转瞬的事，顾盼之间，便见院中花落，纷纷扬扬，凄迷满地。倒也是一番景，但她分毫不以为美，只觉惜花心起，竟得寥落。待她回身走入闺房，又见房中麝香微淡，烟欲散尽。再回首，是夕阳西下，斜晖相覆。

一步一回首，这样流连顾盼几回，她内心暗涌的愁意便豁然汹涌而出，当下便觉心意阑珊，人也憔悴。"愁无限，消瘦尽，有谁知"，内心孤楚是旁人不能体会的。女子独身守空房，一日复一日，一年复一年。容颜风华竟在这无望等待当中消磨殆尽，情何以堪。

如许经年，她生活里唯一的乐趣，竟寥落至与孤鸟相伴。那是一只旧人赠与的鹦鹉。深宫里的寂寞日子大约就是这样了。"闲教玉笼鹦鹉念郎诗"一句，极是心酸。闲却的时间便只能教鹦鹉念几句那人写给自己的诗，以此度日。回忆有多快乐，她便有多寂寞。

这阕词，极似容若写给入宫表妹的词作。她入宫之后，便与他隔绝在两方天地。他与她也就成了举目长望焚心空守皆不可得见的两人。牛郎织女尚且有一期一会，他与她竟不及此。一切钟情的过往都成过眼云烟，了无意义地挂在回忆当中。愈斑斓愈心伤。

深宫女子，日日夜夜想的便是伴君侍寝一昼夜。却可惜，她不是功利的女子，亦不愿与所爱相悖。却又恰恰不得圣宠，孤清一人在殿中。虽是孤楚至极，却也有幸得了闲，教那鹦鹉念郎诗。

另，"闲教玉笼鹦鹉念郎诗"句，也是化用柳永那一首《甘草子》词当中"却傍金笼共鹦鹉，念粉郎言语"两句而来。

065

秋暮。乱洒衰荷，颗颗真珠雨。
雨过月华生，冷彻鸳鸯浦。

池上凭阑愁无侣，奈此个、单栖情绪。
却傍金笼共鹦鹉，念粉郎言语。

秋日黄昏，雨落残荷，点滴似珠。她独自一人，立在池边，听秋风，看落雨，赏残荷。不是好时候，人景两寂寞。而后，那秋雨渐停，新月初升，洁白月光落下，竟觉着鸳鸯戏水的池边满生刺骨凉意。亦不过深秋时令，却甚为寒冷。

她所思谁人，不可知。抑或本因相伴无人方才挂上一脸哀愁表情。也是孤清，也是凄凉，也是独自一人挨度过无数个寒冷夜晚。荷塘月下，轩窗之内，女子无眠，立身窗边，所做之事便只是调弄鹦鹉，教念郎诗。这番情绪，大约亦只有柳永和容若最是懂得。

　　也不过是希望那人在身边，转身可与话桑麻。
　　看一看星月，叙一叙不可与人说的私房情话。

锁朱门（昭君怨）

深禁好春谁惜？薄暮瑶阶伫立。
别院管弦声，不分明。

又是梨花欲谢，绣被春寒今夜。
寂寂锁朱门，梦承恩。
　　　　　——纳兰容若《昭君怨》

初恋，总是至为美妙的。

即便伴随哀伤，甚至隐痛，经年之后回忆起来，依旧是泛着青草香气的。当中，是少年人独有的纯真。在世人心中，始终都有一个重要位置，是无可替代的。容若亦是如此。

纳兰全词中，他写给表妹的词作亦不在少数。这一阕

《昭君怨》便是。容若与表妹之初相恋，民国蒋瑞藻《小说考证》当中有简单记载，《小说考证》卷七引《海讴闲话》道：

> "纳兰眷一女，绝色也，有婚姻之约，旋此女入宫，顿成陌路。容若愁思郁结，誓必一见，了此宿因。会遭国丧，喇嘛每日应入宫唪经，容若贿通喇嘛，被袈裟，居然入宫，果得一见彼姝。因宫禁森严，竟如汉武帝重见李夫人故事，始终无由通一词，怅然而去。"

皇城底，深宫里，女子依依。深深禁苑当中，她独对春光烂漫，空空浪费了一派春色。因她心里寂寥，目光深处，尽是惆怅，尽是惘然。去年今时，来年今时，想必也是无差。

"深禁好春谁惜？薄暮瑶阶伫立。"又是黄昏，暮色四合时，人心最是脆弱。一道风，就能将心击得溃不成军。于是，他作下了一首暮光笼罩的"饮水词"。一如此时，他写那女子孤独伫立在深宫禁院的玉砌台阶之上，夕阳照在她身，好是清寥。

忽然，耳边有琴音传入，却不知琴声何处，不知谁人弄笛。"别院管弦声，不分明。"虽是隐隐约约，难辨分明，却也似有一种无望在其中。许是深宫哪一位女子和她有着感同身受的心事，与爱的人隔绝在两个世界，在深宫里谋生。

转眼，"又是梨花欲谢"。屋外春光虽绚烂，却也将到梨花凋谢时。这样的时令，也是极易让女子生发红颜易老之慨叹。如花美眷，似水流年。终有一日，她们要将在这寂寂深宫里苍老，枯朽，死亦无人惊动。一如来时，湮灭在美人丛里，不被注视。

一句"绣被春寒今夜"更是寒意漫漫。他最想要表达的，也是那春寒。这寒，不但来自节气，更是源自内心。女子孤伶，心中自有凉意，六月暑天亦心中飞雪。

如是，她便只能"寂寂锁朱门，梦承恩"。承恩，即是承受恩泽，在这阕词当中是被君王宠幸的意思。在后宫里，要想生存，除了依傍皇帝，得其宠幸，是别无他法。于是，她亦唯有在这举目春光却生之无望的地方，寂寂转身锁朱门，梦中承恩，纵是她心中所恋之人，过往之事日日浮上心头以慰寂寥。

末句"梦承恩"三字最是惹人遐思。如若这首词果真是容若写给表妹的，那么这一句话便是意蕴极为迂回，大有深意。

　　表妹入宫，要生，要活，必是要习得心术，得圣隆之宠。他一句"梦承恩"，也是点到为止。期望她得宠，日日荣华，却又心里极痛，难以割舍。于是，暂且落笔一句梦里承恩作罢。

　　爱到如此地步，也是到了极处了。

总成愁（昭君怨）

暮雨丝丝吹湿，倦柳愁荷风急。
瘦骨不禁秋，总成愁。

别有心情怎说？未是诉愁时节。
谯鼓已三更，梦须成。

——纳兰容若《昭君怨》

纳兰词当中，有一些情愫贯穿始终。比如孤与独，比如爱之欢喜与荼蘼。他一生都为情所牵绊。是那样一个嗜爱成瘾的人。仿佛要时时刻刻都有人爱着，方才能安定一颗微凉的心。

纳兰容若这首《昭君怨》，旨在表诉一个"愁"字。这愁亦是源自孤独交织。孤独这件事是不会被诉尽的。这种情之阙如的情绪流落到这首《昭君怨》里显得尤为浓烈。因他用字热烈，无所顾忌，抛却了所有规束和框条。有一分相思便就道尽一分，有两寸寂寥便就道尽两寸。不愿节制。

他写"暮雨丝丝吹湿，倦柳愁荷风急"。人间事事不堪凭。王国维说得精妙。他说："有我之境，以我观物，则物皆著我之色彩。"有怎样的心怀，见到的景致便有怎样的情韵。若你觉欢喜，那么，残草枯木皆似在闪耀。若你觉落寂，那么，翠柳风荷也似惶惶凄凄。

比如，这一时，伊人不在，他便觉得孤绝愁苦。暮雨在下，湿在他身，凉在他心。眼前那柳也似倦怠，那荷也似忧愁。人景渐合一，愈看愈阑珊。这种心境是容易理解的。她不在时，所有风光都失去颜色，变得颓然，落寞，甚至苦怆。

其实，"倦柳愁荷"四字是美的。有一种清寥之美，有一种哀愁之美，有一种颓之美，有一种旧之美。这四个字容若是化自宋词人史达祖《秋霁》当中的那句"江水苍苍，望倦柳愁荷，共感秋色"。

江水苍苍，望倦柳愁荷，共感秋色。
废阁先凉，古帘空暮，雁程最嫌风力。

故园信息，爱渠入眼南山碧。

念上国。谁是、鲙鲈江汉未归客。

还又岁晚，瘦骨临风，夜闻秋声，吹动岑寂。

露蛩悲、清灯冷屋，翻书愁上鬓毛白。

年少俊游浑断得。

但可怜处、无奈茸茸魂惊，采香南浦，翦梅烟驿。

史达祖这阕《秋霁》亦是思人，是羁旅之思。怀念故园，思忆旧人。"还又岁晚，瘦骨临风，夜闻秋声，吹动岑寂。"这一句亦是与容若的这阕词相呼应。史达祖是"瘦骨临风，夜闻秋声，吹动岑寂"，容若是"瘦骨不禁秋，总成愁"。真真是应了那句："何处合成愁，离人心上秋。"

情之毒，爱之毒，凡尘世人难以抗衡。因那爱，阑珊憔悴皆是寻常事，就连死亡，也不是匪夷所思。相思至骨瘦嶙峋，亦是意料之中的情状。

"别有心情怎说？未是诉愁时节"，彼之心情，是佳人一方，他只身孤影暗销魂。这愁，无人可诉，亦无法来诉。

末了他写"谯鼓已三更，梦须成"。"谯鼓"是指古城瞭望楼上的更鼓。更鼓又响时，已是三更天。他是三更无眠，心意阑珊。他本指望梦中与伊人短暂相会，以慰相思。但而今这梦，是须成未成。

纳兰词，情深意重，离不了"情"字。似是一生一世，无法超脱。江水茫茫，他心如愁荷倦柳，不敌秋之萧瑟。时光为他盛满一碗哀伤，他却似饥渴将死的人，没有选择，没有余地地，惴惴捧起它，然后一饮而尽。

灯欲落（酒泉子）

谢却荼蘼，一片月明如水。

篆香消，犹未睡，早鸦啼。

嫩寒无赖罗衣薄，休傍阑干角。

最愁人，灯欲落，雁还飞。

——纳兰容若《酒泉子》

都说纳兰此词，"情调凄婉，似韦端己手笔"。

韦端己即韦庄，与温庭筠齐名的花间词宗。端己，是韦庄的字。是诗人韦应物的四代孙。词风清丽，有《浣花词》存世。好一个"浣花词"，确有如纳兰那一句"人生若只如初见"之妙，有惊艳四方世人的感觉。惹人注目。韦庄亦曾作《酒泉子》词。

月落星沉，楼上美人春睡。

绿云倾，金枕腻，画屏深。

子规啼破相思梦，曙色东方才动。

柳烟轻，花露重，思难任。

虽都是情深意重的词，韦庄这阕《酒泉子》用词意趣更重，不如容若的讨喜。因词中意象极具指向性，有堆叠之嫌，绚丽过之不及。容若"谢却荼蘼"这一首词，与韦庄一词相比，则要显得清新许多，意象也更清晰明丽。正是因容若写这阕词时不刻意求深，亦不工于语词遣用，于是，便显得妙丽自然，更加讨喜。

"酒泉子"，原为教坊曲，后用为词调名。"酒泉"二字饶是有趣，泉似酒，酒似泉，泉酒交融，意境洒然。在应劭的《地理风俗记》当中，记到"酒泉郡"时说道，"酒泉郡，其水若酒，故曰酒泉"。词牌名有一份洒然，词本身却深婉，亦沉郁流美。

上阕写长夜无眠之惑。首句当中写到"荼蘼"。荼蘼，是蔷薇科植物。花期在尾春，十分靠后。待到百花将谢之时，它方才盛放。正如苏轼那句诗所言，"荼蘼不争春，寂寞开最晚"。果真是如此的。这一处容若写"谢却荼蘼"，联系后面几句便知，这四个字当中分明有一种伤春情绪在。

倒是夜空尚有明月中挂，光洁如水，令人心悦。只是辜负了这当中明月，荼蘼在谢，心在枯萎。房中盘香将尽，他却仍是无半分眠意，直等到天将明，早鸦啼。

下阕写孤心怀人之思。"嫩寒无赖罗衣薄"当中一字"寒"与一字"薄"，勾勒出一帧甚是凄凉的画面。无眠长夜，他身披一件单薄罗衣，起身去走廊，倚在栏杆边。深夜风寒，丝丝掠过他身，凉进了骨子里，却是无人来依。

这大雁飞还的时节真是愁人。若是如他一般只身一人，形影相吊，未必不残忍。恰似"每逢佳节倍思亲"，这雁归的时令，亦要使人心意惆怅，思念远方伊人，怀念旧日时光。时不时就会忍不住，要在夜深人静时分，追忆起曾经共相伴的那些时年。

言有尽，意无穷。这阕词，到最后"最愁人，灯欲落，雁还飞"几句，依似心事未能诉尽，叹息声声之感。总觉得，这话后理应还要言说要交付的心情。如是注定要分离，那么，天涯你我，各自安好。是否晴天，已不重要。

但容若绝对无法心平气和地说出这样的话。

下弦不似初弦好

7

水沉烟（生查子）

东风不解愁，偷展湘裙衩。
独夜背纱笼，影著纤腰画。

爇尽水沉烟，露滴鸳鸯瓦。
花骨冷宜香，小立樱桃下。
　　　　　　——纳兰容若《生查子》

他善写女子，只因懂得。

　　这首《生查子》写的是少女怀春。开篇即写愁。但愁郁之下，实则是一颗少女的心在蓬勃。她在情窦初开的年纪，穿着丝质长裙，嗔怨东风不懂她心中躁郁的愁。这愁之根底在于她日渐圆熟的内心有了爱之欲念，开始渴望被人悉心呵护与珍藏。

“东风”一语在此处被容若拟人化。说那东风，恰似弱冠男子。在荷尔蒙怒放的时节，他便多了一分盲目，多了一分唐突，缺了一分成熟男子应有的风趣和温柔，只知偷偷窥探她的裙衩。如此一解，便更易领略容若写作这阕词时愁情之下生机暗藏的寓意，是骨子里满怀希望的。

　　这亦似少女身上散发出的那一种忧愁与欢喜交织相错的独有气息，是不可复制的。但这气息，在容若的这阕词中缓缓变得浓郁，似是非要让人察觉不可，横生妙趣。

　　而后他写“独夜背纱笼，影著纤腰画”。“纱笼”是一种以纱制成的罩，用于罩在灯或熏炉外。彼时，少女是如柳纤腰，风华正茂。在这清落的夜里，独自背靠丝纱所制的灯罩。然后在身前落下一道浅淡生姿的影。其实，此处容若是想借少女之“独”来写她身姿之曼妙婀娜。

　　这一刻容若笔下所写的少女，当下内心若迷失的孩童。也不知内心是惶恐是期许还是寂寞，就只是木木地静坐着。直至闺房里，“爇尽水沉烟”。直至闺房外，“露滴鸳鸯瓦”。

鸳鸯瓦，顾名思义，是指成对的瓦，是中国传统屋瓦形式。即一俯一仰，形同鸳鸯依偎交合，故称"鸳鸯瓦"。白居易的著名长诗《长恨歌》当中便有一句"鸳鸯瓦冷霜华重，翡翠衾寒谁与共"流传千古。容若此处写到它，分明是要映衬少女之寂寞，以让人深觉这小女子楚楚惹人爱怜。

孤寂冷夜，她心似火。在灯前自怜自伤，倒不如趁夜风尚清凉，走出门外，看看院前的一树樱桃花开。"小立樱桃下"，此情此景，实在是美，仿佛眼见如真，仿佛她真就立在视线垂落的地方，看花。

末两句"花骨冷宜香，小立樱桃下"最得纳兰词气韵。花骨，即花蕾，此处以花作喻，一语双关，亦有暗喻少女气韵芬芳的意味。这少女，纵是心中对情对爱有所顾念，纵是心中因期许因热望郁结难抒，但依旧似出水芙蓉，有一股莫名的芬芳气息。

容若这首《生查子》，写得轻灵跳荡，率真自然，纵有愁意逡巡，终究亦令人欢悦，别有怀抱。道是樱桃，怎样也忘不了蒋捷那句"红了樱桃，绿了芭蕉"。

一片春愁待酒浇，江上舟摇，楼上帘招。
秋娘度与泰娘娇，风又飘飘，雨又萧萧。

何日归家洗客袍？银字笙调，心字香烧。
流光容易把人抛，红了樱桃，绿了芭蕉。

樱桃宴（生查子）

鞭影落春堤，绿锦障泥卷。
脉脉逗菱丝，嫩水吴姬眼。

喈膝带香归，谁整樱桃宴？
蜡泪恼东风，旧垒眠新燕。
——纳兰容若《生查子》

彼时，他是新科进士。

清康熙十五年（1676），纳兰容若得殿试"二甲七名"。这阕《生查子》大约便作于这年的春天。金榜题名日，他难免心花怒放，欢喜溢于言表，便骑上骏马，纵游春堤。

旧时男子骑马，是一道风景，好比女子浣纱抑或是月下葬花，总会让人有一种说不清的迷恋。马鞭一扬，春阳照耀，便在那漫长春堤上留下细长影子。马蹄跶伐，尘土飞扬。他写"鞭影落春堤，绿锦障泥卷"两句，不过是要将一身潇洒尽情地表达。

障泥，即马鞯。因垫在马鞍下，垂于马背的两旁以挡尘土，故称。开篇二句，让观者似见时光深处，金榜题名的美少年一骑尘烟，潇洒而过。路边是"脉脉逗菱丝，嫩水吴姬眼"。菱丝蔓蔓，缠绕交织，脉脉含情。又有春水旖旎，在草木映照之下，泛出嫩绿光泽，好似吴姬那秋水眼波。

菱丝即菱蔓。唐诗人李贺在《南园》诗之九当中有"泻酒木兰椒叶盖，病容扶起种菱丝"的句子。

吴姬，自是指吴地美人。吴，本是中国周代诸侯国名，后来常泛指今江苏省南部和浙江省北部，以及淮河下游一带，也大约便是苏杭地区。苏州杭州的美人是世人皆知的，婀娜身姿，俏媚面容，清秀如小桥流水，再配上几句吴侬软语，便不似凡间物。

吴姬舞，翠袖凌云步轻举。

笑回不觅锦缠头，四坐金钱落如雨。

云烟转首无定期，紫燕黄鹂对人语。

对人语，明年春风谁是主？

元代画家、诗人王冕曾以吴姬为题作诗。诗题为《吴姬曲》。王冕是怀才不遇以致放浪形骸寄情山水的典型。他有一身才华，一身傲骨。屡试不第之后，便漫游山水，浪迹江湖。他与容若自然是两种情怀。吴姬之美，在容若眼中，便就只是美而已。但在王冕心中，吴姬之舞，却是以色事人，哀感万千。

倒还是彼时未入仕途不知人间冷暖的容若内心清明些。那一年，他只是金榜题名内心欢愉的美少年。一路追风，赶回府中庆祝。"喦膝带香归，谁整樱桃宴？"身骑白马归家来，便见家中樱桃宴。

喦膝是一种马，一如"赤兔马"，是马的品种名。明代的高明在《琵琶记·杏园春宴》当中有这样一句话："飞龙、赤兔……喦膝……正是青海月氏生下，大宛越睒将来。"

樱桃宴，是指科举时代庆贺新进士及第的宴席。始于唐僖宗时期。唐代王定保在其所撰写的《唐摭言·慈恩寺题书游赏赋咏杂记》当中记载道："新进士尤重樱桃宴。乾符四年，永宁刘公第二子覃及第……独置是宴，大会公卿，时京国樱桃初出，虽贵达未适。而覃山积铺席，复和以糖酪者，人享蛮榼一小盅，亦不啻数升。"

元代贡师泰在《和马伯庸学士拟古宫词》中亦有"近臣侍罢樱桃宴，更遣黄门送两笼"之句。以及，清代文人袁枚在《随园诗话》中写道："溧阳相公康熙前庚辰进士也，重赴樱桃之宴。"

科考入仕是大事，下至贫民，上至贵胄，若是金榜题名，家家都定然过节一般来对待，是光耀门楣，亦是一生的转折。

词末两句"蜡泪恼东风，旧垒眠新燕"最是情意复杂。前人依一"泪"字将末两句解作"伤心人别有怀抱"，不能认同。但容若在此处将"蜡泪"、"东风"拟人化来写，又有"恼"字相佐，实有少女俏皮嗔怒之感。

　　旧垒眠新燕，又是一年好光景。这当中分明是一种对遥
远未来去路的充满容若式的温柔热望与温柔冀盼。

不曾闲（生查子）

散帙坐凝尘，吹气幽兰并。
茶名龙凤团，香字鸳鸯饼。

玉局类弹棋，颠倒双栖影。
花月不曾闲，莫放相思醒。
——纳兰容若《生查子》

这是纳兰词当中极具贵族气的一首。
写得脉脉含情，写得落落大方。

首二句"散帙坐凝尘，吹气幽兰并"写的是诗书闲话，写的是红袖添香。他洒然不以居住为意，拾书便读，哪管那散落的卷张之上是否铺落尘埃。彼时，又有美人在侧，为他点灯，与他夜话。这书，读来也便多了几分妙趣，是不能不爱的珍贵时光。

散帙，本意是指打开的书帙，在此处便借指读书。凝尘，尘土聚积。此处有不过分讲究居处的意思。《晋书·简文帝纪》记：“帝少有风仪，善容止，留心典籍，不以居处为意，凝尘满席，湛如也。”容若此处所言与简文帝“不以居处为意，凝尘满席”并无二致。

再有，“吹气幽兰”一语是说美人呼吸吐纳之间的微微女香胜于幽幽兰花。所谓“兰麝喘息”，美人之香泽口气，即是此意。引自汉武帝的典故，据东汉郭宪《洞冥记》载：（汉武）“帝所幸宫人名丽娟，年十四，玉肤柔软，吹气胜兰。”此一句是暗示彼时的容若夜半读书之时有美人在侧。

初见“兰麝喘息”一词，则是在《花间集》中后蜀文人欧阳炯所作的那一首《浣溪沙》词：

相见休言有泪珠，酒阑重得叙欢娱，
凤屏鸳枕宿金铺。

兰麝细香闻喘息，绮罗纤缕见肌肤，
此时还恨薄情无？

容若这阕词之所以充满贵族气，皆是源自词中意象。譬如"茶名龙凤团，香字鸳鸯饼"二句，说他饮的龙凤团茶，房中燃的是鸳鸯香饼。又有"玉局类弹棋"一句，虽"玉局"乃棋盘美称，但亦不能排除彼时容若所用棋盘果真是上等玉器。若非出身贵胄，如斯上品也是难以担待。

关于"龙凤团茶"。苏辙所撰《凤咮石砚铭》序中曾记"龙凤团茶"道："北苑茶冠天下，岁贡龙凤团，不得凤凰山味潭水则不成。"它是宋时著名的贡茶，饼状，上有龙凤纹样。所以，被称做"龙凤团茶"。

"鸳鸯香饼"，顾名思义，即是形似鸳鸯的焚香饼。此种香饼，一饼之火，便可熏烧一整日。旧时香饼，除了燃烧熏香，亦可佩戴。

弹棋，是古代一种博戏，大约起源于汉代。弹棋的玩法，按照晋人徐广《弹棋经》的记载，是"二人对局，黑白各六枚，先列棋相当，下呼上击之"。到魏晋时期，改棋子数为十六枚，至唐代，更为二十四枚。

读罢诗书，他与美人踱步至院中，借皎洁月光，码上一盘棋。忽闻树梢有鸟，坠影于棋盘，仿若盘中棋子。两人默然相视，浅浅一笑，便各执棋子，你来我往，好不惬意。词中所写景况当是容若与卢氏朝夕相伴的那三年。却可惜，三年一夜，如梦一场。

　　花还是那花，月还是那月，人却是今昔两相别。
　　而今，他竟只能与她梦中一会，但求相思不醒。

剔残花（生查子）

短焰剔残花，夜久边声寂。
倦舞却闻鸡，暗觉青绫湿。

天水接冥蒙，一角西南白。
欲渡浣花溪，远梦轻无力。
　　　　——纳兰容若《生查子》

　　此词是容若失眠而作。彼时，他只身在边塞，总是孤自难以成眠。几番辗转反侧，终于还是翻身而起，独对那短灯残焰。剔尽残花，将时间耗尽。屋外，只闻边声寂寂；屋内，则是容若心思寂寂。

　　在这样一个举目无亲的异地，他忽然便心头一热，念起家来，于是，情折情转之下，便作下了这阕《生查子》。开篇两句所言"边声"，指的即是边境之上羌管、胡笳、画角的声音。

　　"边声"一词语出汉代李陵的《答苏武书》：

　　自从初降，以至今日，身之穷困，独坐愁苦。
　　终日无睹，但见异类。韦韝毳幙，以御风雨；
　　膻肉酪浆，以充饥渴。举目言笑，谁与为欢？
　　胡地玄冰，边土惨裂，但闻悲风萧条之声。
　　凉秋九月，塞外草衰。夜不能寐，侧耳远听，
　　胡笳互动，牧马悲鸣，吟啸成群，边声四起。
　　晨坐听之，不觉泪下。嗟乎子卿，陵独何心，
　　能不悲哉！

　　"吟啸成群，边声四起"，所写之景，极是悲怆。彼时，容若身处之境，大约也无甚差别。那一种边关生野之气，浩浩荡荡将他席卷。铺天盖地，皆是悲怆豪烈的蛮夷之风。相形之下，他这一点乡愁便愈显微不足道。亦是因此，他便愈加思念得深切，凶猛。

　　接下来两句是"倦舞却闻鸡，暗觉青绫湿"。思家之情溢于言表，是直抒他心意的话。此处，容若反引了"闻鸡起舞"的典故。《晋书·祖逖传》记："初，范阳祖逖，少

有大志，与刘琨俱为司州主簿，同寝，中夜闻鸡鸣，蹴琨觉曰：'此非恶声也！'因起舞。"

彼时，他心中思绪复杂。因他一来实在思家，心意难挡；二来他对自己要求严苛，羞于心中念私。但情之所至，亦是无法。闻鸡起舞，本义是比喻有志报国的人及时奋起。但当下，他已是倦于起舞，却无奈闻鸡。反用"闻鸡起舞"之意。

词至下阕，更是情深处不能自制的表达。"天水接冥蒙，一角西南白"，真真是天色灰暗，凄凉荒芜。唯有西南天角，泛出云白。边塞距离京城相去何止千里，但在这一处，容若又将情意稍稍收敛，未言京城，却道天府之地的幽幽浣花溪。

浣花溪，极美的三个字，位于成都西郊，杜甫草堂边。许容若所念之人与浣花溪有关，许亦无关，只是家的意象象征，并无他想。倒是西蜀文人张泌曾作下一阕情思旖旎的《江城子》词，说与那浣花溪上的丽人听。

浣花溪上见卿卿，脸波明，黛眉轻。
高绾绿云，金簇小蜻蜓。

好是问他来得么？和笑道："莫多情！"

容若写"欲渡浣花溪，远梦轻无力"。是似曾将是的知觉。人在梦中，时常会有力不从心之感，总是梦轻无力，离忧难禁。夜和月，月和梦，梦和心，都是一样的迷离惆怅。

落笔至此，心生一念。
来日，也要去那浣花溪看它一看。

别时情（生查子）

惆怅彩云飞，碧落知何许？
不见合欢花，空倚相思树。

总是别时情，那得分明语。
判得最长宵，数尽厌厌雨。

——纳兰容若《生查子》

　　白居易在他的著名长诗《长恨歌》当中有"上穷碧落下黄泉，两处茫茫皆不见"之句。写的是唐玄宗命道士高人寻杨妃，上天下地不惜。爱是要人命的，彼时的玄宗是要将这天地翻过来寻她。

　　却可惜，此处的容若不是玄宗不是君王，有心亦是无力。不知伊人去处。"惆怅彩云飞，碧落知何许。"彩云，在此处代指他心上的女子。因彩云飞去，伊人不知所往，他便情难自禁，满心惆怅。不知伊人在何方，唯能寄希望于穹穹碧落天。

碧落，本是道家术语，指东方第一层天，有碧云满天，故称"碧落"。

这阕词，前人以为是悼亡词，但而今读来，悼亡之意甚微，却极像是写与哪个与他情深缘浅两擦肩的女子。只是怀念，只是相思。纵观容若生平际遇，这美人，极有可能便是沈婉。

词中三四句最美。"不见合欢花，空倚相思树"两句最得纳兰风神，极是幽，极是美。又极是凄清，极是哀凉。合欢花，又名马缨花，开于合欢树上，盛年七月，总是一派绯红。恰似爱之旖旎情之娇媚，亦是文人墨客诗词文章当中常用的爱情意象。古人亦常用夜合欢赠人，以示消怨和好。

另，曾在干宝的《搜神记》第十一卷当中读过一则关于相思树的传说。说这相思树乃是战国时期宋国康王戴偃的舍人韩凭与其妻何氏所化生。因何氏貌美，康王便设法囚禁了韩凭，夺走何氏。后何氏密书一封给丈夫，说"其雨淫淫，河大水深，日出当心"，语词深晦，难能理解。后有智臣解出其中含义，说何氏有殉情之心。

未及康王阻止，韩凭便在狱中自尽，何氏亦投台而死。后来康王发现何氏留下遗书一封，希望可以与亡夫合葬。但康王盛怒，未让何氏如愿，将二人分开葬下。使两坟相望，近在咫尺却不能合墓，十分凄凉。但不久，便出现异象。

二冢之端皆长出高大树木，屈体相就，根交于下，枝错于上。又有鸳鸯，雌雄各一只，栖息在树上。晨夕不去，交颈悲鸣，音声感人。后人感念，便为两树取名"相思树"。

又是一个生死相随的故事。容若又怎会不想，有这样一个可以朝夕相伴不离不弃的人在身边。奈何世间种种姻缘，自有定数，来时去时皆是无定的。"总是别时情，那得分明语。"往事依旧历历在目，迟迟不能忘却，以至而今，他辗转反侧，彻夜无眠。

总有一些人一些事不消失，不散灭，就那样矗立在记忆当中，似近又远，似是而非。欲亲近，不得；欲忘却，不能。唯有某个人寂夜深时分，生发思念，然后拼尽长宵，聆听细雨绵绵。

秋如许（点绛唇）

别样幽芬，更无浓艳催开处。

凌波欲去，且为东风住。

忒煞萧疏，怎耐秋如许？

还留取，冷香半缕，第一湘江雨。

——纳兰容若《点绛唇·咏风兰》

风兰。初见"风兰"二字之时，便极有好感。因它无端透出一种淡静，一种幽雅，一种与世两忘的妙意。亦有一种久违的亲近感，仿佛它就开在咫尺处，与我默然相看。似是前世的情人所化，带着一种不能抵抗的温柔、招引与期盼。

清人徐珂在《清稗类钞·植物类·风兰》中记："风兰，寄生于深山树干上，叶似兰而短，有厚剑脊，夏开小白花，有一二瓣曲而下垂，微香，无土亦可生。"

它亦被文人墨客唤作"轩兰"。素白，娟秀。似仙地少女，与世无染。形貌上与水仙有几分相似，但更有一种深幽之气，观者心安。容若作这一首《点绛唇》用风兰，雅人吟风兰，才是真风雅。

这首词是容若题于画家张见阳的一幅风兰画上，因此张刻本有副题曰《题见阳画兰》。张见阳，字子敏，名纯修，见阳是他的号。父亲是工部尚书张自德。张见阳画艺超绝，清代绘画著述《国朝画识》称其"性温厚博雅，画得北苑南宫之沉郁，兼云林之飘淡，尤妙临摹，盖其收藏颇多，故能得前人笔意。书宗晋唐，更善图章"。

张见阳除了与容若知交不浅，与曹雪芹的祖父曹寅亦有甚深的画缘。张见阳的《栋亭夜话图》、《五洲烟雨图》、《墨兰图》均有曹寅的题诗。且容若与张见阳的相识，也是因了曹寅的引荐，却不想一见如故。

容若与曹寅二人则本是至交。两人同出于座师徐乾学门下，同为康熙帝的御前侍卫。也因了这一层关系，便延伸出一种说法，说曹雪芹所著《红楼梦》里的男主人公贾宝玉便是以纳兰容若为原型塑造出的。且这一种说法拥趸甚广。

但王国维在《红楼梦评论》里说：

"清自我朝考证之学盛行，而读小说者亦以考证之眼读之，于是评《红楼梦》者纷然索此书之主人公之为谁，此又甚不可解者也。……综观评此书者之说，约有二种：一谓述他人之事，一谓作者自写其生平也。第一说中大抵以贾宝玉为即纳兰容若。其说要无所本。

……

然则《饮水词》与《红楼梦》之间稍有文字之关系，世人以宝玉为即纳兰侍卫者殆由于此。然诗人与小说家之用语其偶合者固不少，苟执此例以求《红楼梦》之主人公，吾恐其可以符合者断不止容若一人而已。"

如是，贾宝玉与容若之间的关联，依旧无可定论。但如此想着，这容若的一世若果真似宝玉一般，倒也不是不美的。纵是结局有些凄婉，有些哀凉，有些让人不禁潸然。

倒是容若这首《点绛唇》颇有几分宝玉的脂粉之气，写得情翻意涌。对风兰之赞无有半点掩饰。他是这样爱着张见阳的这幅画，画里的兰。"别样幽芬，更无浓艳催开处。"那淡雅风兰，似从画中便能散出别样芬芳。

未曾得见张见阳的这张画。各种妙意唯有在此处依纳兰词落几笔意淫的话。"凌波欲去，且为东风住。"那画中风兰姿态轻盈，犹似仙女凌波欲去，却又因那东风欲去还留。

容若本身对咏物词便有独到的鉴赏力。他说："唐人诗意不在题中，亦不在诗中者，故高远有味。虽作咏物诗，亦意有寄托，不作死句。"

这阕词所咏之风兰，亦非富贵之花，倒是常见于深山野壑当中。虽有别样香，却独处幽境，不与世交。颇符合容若入仕见惯官场尔虞之后，一心向山水云涛的清淡愿望。

却可惜，这萧疏的花朵怕是抵不过秋风劲劲。但纵是只有冷香半缕，她大约依旧是这湘江水上最美的一枝。

伤心早（点绛唇）

一种蛾眉，下弦不似初弦好。
庾郎未老，何事伤心早？

素壁斜辉，竹影衡窗扫。
空房悄，乌啼欲晓，又下西楼了。
　　　　——纳兰容若《点绛唇·对月》

　　月。月之锦绣。月之残缺。月之团圆。月之半离。不同
形状的月，亦在世间人心里各自有寓意。锦绣团圆是欢，
残月半离是伤。容若这一日，仰头望去，便是如钩的下弦
之月。

　　少年时，地理课本当中有教记认月相的方法。上弦月出
现在上半月的上半夜，出现在西半边天空，西半边亮。下弦
月出现在下半月的下半夜，出现在东半边天空，东半边亮。

上弦月一般是初七初八时有,下弦月是二十二、二十三有。

只是容若写"一种蛾眉,下弦不似初弦好"亦不是简简单单只是在写月相。他自然另有别的想法。女子之眉如月是古代诗词文章当中常有的比喻。此一处,将这月相分别解读为,下弦月是女子愁眉之面相,上弦月是女子欢喜之时眉目上扬之面相,未尝不可。

离不如聚。他根本无法将她忘掉。读这阕词时,总觉有一种沉沉暮气。许是因为词意伤感,许是其他。但大抵是因为"庾郎未老,何事伤心早"两句入心太深。读得愈久,落在心底,便愈觉所有语词都退居其次,成了这两句的陪衬。

庾郎,是庾信,南朝梁时的文学大家。庾信的命运与苏武有几分相似。梁武帝末,侯景叛乱,庾信时为建康令,率兵御敌,战败。建康失陷之后,他被迫逃亡江陵,投奔梁元帝萧绎。

梁元帝萧绎承圣三年,他奉命出使西魏,抵达长安不久,西魏便攻克江陵,杀萧绎。梁为西魏所灭。庾信也因此被迫留在长安。后来,庾信官仕北周,与江南,与故国永诀。纵是官至骠骑大将军开府仪同三司,他却始终内心郁结难抒。

颠沛流离如许年，纵然已是他朝臣，但心中对根土之眷念，始终未曾淡去，日日萦绕心头，避不开的，是憔悴，是惆怅，是欲说还休的悲伤与无望。也是基于如斯感情的触动，庾信作出如《哀江南赋》、《伤心赋》一类的旷世名篇。

不过词中的"庾郎"，容若是借代自己。"庾郎未老，何事伤心早？"他岂能不知因何事。内心的惆怅、孤单，对她的想念，似潮水一般，总在这月辉竹影寥寥相映的深夜时分，漫过来，将他席卷。

白壁墙面之上，月辉残照。窗外竹影横斜，深浅摇曳，似他心中的无尽心事，漫进屋里，支离破碎。这样寂寥的夜里，他竟是独自一人卧空房。房间静得令人惊慌。"乌啼欲晓，又下西楼了。"这首词，理应解为容若思怀妻子卢氏的悼亡词，虽语词简淡，但处处又是至浓至烈的哀伤。

此时此刻，他的心里是空前的绝望。
他不得不承认，她这一去是真的无法再回来了。

何时旦（点绛唇）

五夜光寒，照来积雪平于栈。
西风何限？自起披衣看。

对此茫茫，不觉成长叹。
何时旦？晓星欲散，飞起平沙雁。
　　　　　　——纳兰容若《点绛唇·黄花城早望》

　　黄花城。很好听的一个地名，也是在京城内，方位大约是而今的北京怀柔区里。倒是听说黄花城有一处"水长城"旅游区。说是风光奇秀殊绝，却一直未有时间去观赏一回。

　　明代蒋一葵在他所撰著的《长安客话》中这样记道："黄花镇正为京师北门。东则山海，西则居庸，其北切邻四海冶，有索振阿罗豆儿诸夷住牧，极为紧要之区。……黄花镇天寿山之后，为黄陵之玄武山。二百年来，松秋茂密，足为番蔽。"明代人都称黄花镇"拥护山陵，势若肩背"，可见其地势之奇要。

亦有一说，称黄花城在今山西省山阴县北黄花岭后。又有学者据容若生平考证，容若曾于清康熙二十二年的二月和九月前后两次扈从康熙帝巡幸五台山，途经山西。因此推断这一阕词所写"黄花城"是在山西境内。

其实，这阕词，容若是作于京城抑或是山西，并不重要，亦都不是妨碍。词之妙趣在于，语词当中那股"星垂平野阔，月涌大江流"的宽旷之气，虽这宽旷当中有寂寞。

这首《点绛唇》词写得极是流畅，全词皆是白描。质朴中饶含韵致。词的上阕写月照积雪，下阕写雁起平沙。"五夜光寒，照来积雪平于栈"，五夜，即是指五更。旧时夜间计时，将一夜分为甲乙丙丁戊五段，所以称之为五夜。《文选》李善注引《汉旧仪》："五夜，甲夜、乙夜、丙夜、丁夜、戊夜也。"

古人定前半夜11时至1时为子时，午夜1时至3时为丑时，后半夜3时至5时为寅时，早上5时至7时为卯时，上午7时至9时为辰时，9时至11时为巳时，11时至下午1时为午时，下午1时至3时为未时，下午3时至5时为申时，下午5时至晚上7时为酉时，晚上7时至9时为戌时，晚上9时至11时为亥时。

戌时为一更，亥时为二更，子时为三更，丑时为四更，寅时为五更。五更即后半夜的3时至5时。五更是夜晚最后一更，五更之后，天就渐亮，是昼夜交替的时段。

五更天的月光，极是幽深，又极是寒凉。落在这北方大地之上，照亮了这高山绝地栈道之上的白雪茫茫。"西风何限？自起披衣看。"似见那年那夜容若起床披衣出门，立在无人旷野之上，观望北方大雪的苍茫景象。西风独自凉。

"对此茫茫，不觉成长叹。"面对北方茫茫雪景，他不禁觉心中空旷。似这北方原野，北方山崖，北方的绝地。"何时旦？晓星欲散，飞起平沙雁。"不知天晓何时，只见星欲散，月将暗。远处，白雪平沙，大雁离飞。似只一瞬，天地便空茫，一如他旷寥的内心。

　　人生便是如此。寿终之时，便似一场大雪落下，所有的
苦怨哀愁皆被埋葬，只剩下最初的贞洁。

空酬酢（点绛唇）

小院新凉，晚来顿觉罗衫薄。

不成孤酌，形影空酬酢。

萧寺怜君，别绪应萧索。

西风恶，夕阳吹角，一阵槐花落。

——纳兰容若《点绛唇》

这首词是纳兰容若写给友人姜宸英的。姜宸英，字西溟，号湛园，又号苇间，浙江慈溪人。清初，他与朱彝尊、严绳孙并称"江南三布衣"。是当时享有盛名的书法家、史学家。亦是容若的挚友之一。

清康熙十七年，朝廷为网罗人才，特开博学鸿词科。所谓"博学鸿词科"，虽是科举考试制科的一种，但它是有别于乡试和会试的特殊科制。史载，凡学行兼优，文辞卓越者，由京官三品以上各省督抚布按官员推荐。无论是否中过举，均可参试。

彼时，姜宸英得到了内阁大学士、刑部尚书徐乾学和翰林学士叶方蔼的赏识，受到举荐，参加了博学鸿词科，却可惜最后依旧未能以此入仕。此前，姜宸英受徐乾学青睐，成为修编明史的人员之一，于是便常出入尚书府第。因容若是尚书徐乾学的门生，于是在徐乾学的引见之下，姜宸英与容若结识。

姜宸英在《通议大夫一等侍卫进士纳腊君墓表》中记载说："君年十八、九，联举礼部，当康熙之癸丑岁。未几也，予与相见于其座主东海阁学分邸。"

姜宸英虽年长容若二十七岁，相隔一个辈分，但因容若为人谦逊有礼，待人总是真心相对，对姜宸英的学识、才情甚至孤傲的性情都十分敬重。因此，一来二去，两人便成了忘年之交。

容若对汉文化的痴迷程度，非常人可比。加上过人天资，留下芳泽百世的《纳兰词》便也是极自然的事。更难得的是，有包括姜宸英在内的众多享有盛誉的汉族文人与之倾心相待，常常宴聚，饮酒作诗，更使容若词力精进。

总是向往古人友情。那是可以真正做到肝胆相照的年代。曲水流觞，达旦共饮。容若便是这样的男子，裸心待人，对身边亲友，尽力尽心，去呵护，让事事周全。就是这样一个极致男子。包括姜宸英在内的诸多汉族名士，都曾在生活困窘落魄之时受到过容若的资助。

姜宸英便曾一度受过容若的恩惠。他在容若去世之后写与容若的祭文当中便有"于午未间（康熙十七、十八年），我蹶而穷，百忧萃止。是时归兄，馆我萧寺"的话。在他参试"博学鸿词科"之时，容若为他提供方便，姜宸英得以暂居萧寺。是这样情意深厚的两个人。

"萧寺"是指佛寺。唐代李肇在《唐国史补》中记道："梁武帝造寺，令萧子云飞白大书'萧'字，至今一'萧'字存焉。"后来，便因此称佛寺为萧寺。

容若作这阕《点绛唇》时，姜宸英未在身旁。是为男子，总是有那样几段时间，需要有一个知心的人在旁，心无挂碍地一起饮酒，作诗，赏月，诉说心中难掩秘事。却可惜，而今这一夜，他是"不成孤酌，形影空酬酢"。

西风恶。
夕阳绰。
槐花落。

沉思往事立残阳

好时光（浣溪沙）

泪浥红笺第几行，唤人娇鸟怕开窗，
那能闲过好时光。

屏障厌看金碧画，罗衣不奈水沉香。
遍翻眉谱只寻常。

——纳兰容若《浣溪沙》

有女子如是。

伏在案上给他写信，字字皆是她心，越写越伤感，越写越断肠。直至，她心溃败，泪流满面，湿透红笺。也不知已写到第几行，就是觉得难过，觉得悲伤。便失了控地独自在房中哭泣。"泪浥红笺第几行"，是这样的思念到深处，深噬她心。

忽闻窗外传来鸟鸣。鸣声似人语,声声都揪人心肠。她于是便不敢开窗,不忍细听。许是群鸟在与人低诉,诉说这美好时光,理应不能虚度。谁说不是。她又何尝不想,把这时光换浪漫。

身旁是繁复艳丽的屏风道道。本是绘有金碧山水画工精细的屏风上品,此刻,那锦绣屏风落在她眼中,却未能让她觉得有半分的赏心悦目,只觉厌倦。"屏障厌看金碧画",日日相对这物事,却日日不可见他,让她哪里还有心思去欣赏这屏风的画中妙意。

金碧画,中国山水画之一种。以泥金、石青和石绿三种颜料作为主色,后人称之为"金碧山水"。唐代画家李思训、李昭道是此画风的杰出代表人物。有《江帆楼阁图》和《明皇幸蜀图》等作品传世。

目穷千里笔不到,自是馀生坐太凡。
一日兴来何可遏,开窗写出碧岩岩。

这是南宋画家钱选的诗作《题金碧山水卷》。这首诗,虽不能算作极好的作品,但一如诗题,倒颇有几分画意。太虚幻境,人世凡心,也算诗意开阔。与容若的这阕词并无关联，单单只因提笔写道"屏障厌看金碧画"，便引来小议。

再有，"罗衣不奈水沉香"句。说，就连女子所着罗衣之香气，也令她倦怠，更不提独自画眉之事了。那必也是不能令她有半分愉悦的。"遍翻眉谱只寻常"。摊开眉谱，也就只是觉得当中式样了无生趣。

女子画眉一事，始于战国时期。自汉以后，画眉式样剧增，并日渐风行。明代杨慎的《丹铅续录·十眉图》记道：

"唐明皇令画工画十眉图。一曰鸳鸯眉，又名八字眉；二曰小山眉，又名远山眉；三曰五岳眉；四曰三峰眉；五曰垂珠眉；六曰月棱眉，又名却月眉；七曰分梢眉；八曰还烟眉，又名涵烟眉；九曰横云眉，又名横烟眉；十曰倒晕眉。"

容若另一首《齐天乐·洗妆台怀古》词当中也有"冷艳金消，苍苔玉匣，翻书十眉遗谱"的句子。画眉是女子妆扮必需的事，亦是最基本的一道工序。但而今，但此刻，她一心在他城，已无馀情画娥眉。容若字字句句写的皆是女之思念，不提自己。

但你我若稍用心思，便知，他分明也是在表诉他对妻子的深挚情念。相思，是爱人心口之上的繁复绣纹。深邃，又美丽。忧伤，又绵邈。

问多情（浣溪沙）

伏雨朝寒愁不胜，那能还傍杏花行？
去年高摘斗轻盈。

漫惹炉烟双袖紫，空将酒晕一衫青。
人间何处问多情？
　　　　——纳兰容若《浣溪沙》

酒醒香销愁不胜，如何更向落花行？
去年高摘斗径盈。

夜雨几番销瘦了，繁华如梦总无凭。
人间何处问多情？

同是纳兰写的词，这两首可对照起来赏析。

思怀旧人，总是伤心。

而今，已是伏雨绵绵天，阑风伏雨秋纷纷。天渐渐变冷，他心中愁意也是愈来愈深。心随天变，也是人之常情。秋风秋夜碧云天里，人心总是柔软至极的。一个闪念，就不得不坠入相思中。怀念旧人，怀念旧事。怀念那些执手相依满心欢喜的好时光。

那时候，他与她携手走在杏花林。路边是草，是树，是粉白杏花。她跟他兴致忽来，竟要上树摘花，比个利落，比个轻盈。真是一双无忧无虑的欢心人。彼此眼中尽是对方，已无他物。只知一起欢喜一起游，好不快活。

杏花是轻愁淡喜之花。苏轼有"杏子梢头香蕾破，淡红褪白胭脂浣"之妙句。将杏花之美写到极致。许也是因了这样似胭脂所染的美，这一双人才一时兴起，没有忍住，去树梢攀折。

都曾有过这样曼妙的单纯年代。爱是极纯粹，极无瑕，极令人着迷的，亦总是终生难忘的。在青翠的年岁当中，遇见一个清新如风的可人儿，与之相识，相知，相依，相恋，许诺一生，不管生之蹉跎和艰辛，经历一段羡杀众人的光阴。

古时文人爱杏花，与之相关的诗词十分之多。刘禹锡、白居易、李商隐、苏轼、辛弃疾、陆游等大诗人皆有名篇传世。不过，最得我心的，却是唐代诗人戴叔伦的那一首《苏溪亭》，情词哀婉，别有风致。词的神韵与容若这两阕《浣溪沙》词倒是颇有几分相似。

苏溪亭上草漫漫，谁倚东风十二阑。
燕子不归春事晚，一汀烟雨杏花寒。

也是怀人之作。写暮春时节苏溪亭边的人，苏溪亭的景，以及他心中无限绵邈的怨别之情。是时，春草碧碧。远处，不知谁人斜倚阑干。看过去，好生寂寞。燕子未归，春光却已所剩无几。但见烟雨迷蒙，笼罩一片沙洲。又有春风料峭，杏花凄楚。景是寂寥景，人是孤单人。伊人一去经年，没有归期。

一如容若这第一首《浣溪沙》。词的上阕，写的是往事，是曾经，是追忆和怀念。至下阕，容若才笔落当下，写出此时此地的心之哀苦。词的节奏因之转变，词意也因之跌宕。尤是第一首当中的"漫惹炉烟双袖紫，空将酒晕一衫青"二句最显容若词力。

这两句词对仗，且十分工整。"漫惹"对"空将"，"炉烟"对"酒晕"，"双袖"对"一衫"，"紫"对"青"，将当下那种寂寞倦怠的无力之感写得极是生动。任随那衣裳，染了青，沾了紫，也似无关他事。但真正点睛之笔，也不在此，而在"人间何处问多情"。

学者冯统在编《饮水词》时说："汪刻本题下双行小字'此阕与前"伏雨朝寒"字句略同。顾刻本"西郊"二阕接录，故因之'。"但顾刻本而今已失传。综观这两阕词，不单单是字句略同，且词意也是相似至极。极有可能是一词两作，因此，可同放于此处并读。

人间何处问多情。多情到而今，便是伊人不在，空恼悦，也迷茫。便是，回不到过去，回不到当初。便是，追悔莫及，心无皈依。

是寻常（浣溪沙）

谁念西风独自凉，萧萧黄叶闭疏窗，
沉思往事立残阳。

被酒莫惊春睡重，赌书消得泼茶香。
当时只道是寻常。
——纳兰容若《浣溪沙》

"谁念西风独自凉"，孤独深入骨髓的一句话。"孤独"二字，笔画不多，写起来容易，念起来简洁，却实在是太深邃，是极具重感的一个词语。但纳兰容若，以情阕为注脚，将之刻进生命当中，理解得亦深于常人。

是要经历人生当中怎样的暴动和巨恸，方才能够将"孤独"二字的真意领悟呢？是爱之死，情之灭，生之永劫。

妻子卢氏难产致病离世的那一年，他二十三岁。风华正茂，当好的年华，却痛失至爱。是这样一种近乎惨烈的人生历练，在他的生命里以无可违逆没有余地的方式刻下了痕迹。以至于，在这之后，他词风大变，所作之词总有悲音，轻灵不胜从前，却极是哀感婉艳。

这阕《浣溪沙》亦不例外，且是容若极佳的悼亡词之一。自一句"谁念西风独自凉"始，他便循序回环，陷入沉痛思忆当中。般般往事，渐渐浮现心头。又是一年秋，西风劲劲，哀凉入骨。他不知，她去之后，还有谁人，会在这萧索如伤的时日将他怀念。

窗外是黄叶萧萧坠落，满目荒芜。哀静的节令最是恼人。"萧萧黄叶闭疏窗"。他紧闭疏窗，不听不看，以为如此便能略微心安。但无法。残阳夕照时分，他无端便陷入沉思，似与一切外物皆无关系。他是在，思念她。

词的下阕极富层次。抚今追昔，以过往欢景衬当下哀情。写曾经"被酒莫惊春睡重，赌书消得泼茶香"。当年，他与她也曾是诗书清茶皆尽欢的一双人。读书，写字，饮茶，倾谈。且亦深谙闺趣，常做"赌书"游戏。"赌书"一句是引用了李清照与赵明诚的典故。李清照在《〈金石录〉

后序》当中记道：

"余性偶强记，每饭罢，坐归来堂烹茶，指堆积书史，言某事在某书某卷第几页第几行，以中否角胜负，为饮茶先后。中即举杯大笑，至茶倾覆怀中，反不得饮而起。甘心老是乡矣！故虽处忧患困穷，而志不屈。"

爱情的形态众多。但李清照与赵明诚的这一种定然是上佳的方式，是两个段位相近的人在一起生活。志趣相同，品位一致，知道彼此心中所缺所念。一切煮茶，赌书，输也欢喜，赢也欢喜。只是这些欢悦两相心痴的过往，当时竟不觉矜贵，只道寻常。

况周颐在《蕙风词话》当中所说：

"黄东甫……《眼儿媚》云：'当时不道春无价，幽梦费重寻。'此等语非深于词不能道，所谓词心也。……纳兰容若《浣溪沙》云：'被酒莫惊春睡重，赌书消得泼茶香。当时只道是寻常。'即东甫《眼儿媚》句意。酒中茶半，前事伶俜，皆梦痕耳。"

旖旎往事，令人低回不尽。虽深藏暗处，却并不沉默。

人总是如此。得到时，再多欢喜愉悦亦觉寻常，不知其珍。总到失却之后，方知前事伶俜，是再也不能回去的美和再也得不到的好。

信如潮（浣溪沙）

莲漏三声烛半条，杏花微雨湿轻绡，

那将红豆寄无聊？

春色已看浓似酒，归期安得信如潮。

离魂入夜倩谁招？

——纳兰容若《浣溪沙》

深夜时分思念故人，是时常会发生的事情。夜阑人静之时，一个人独坐窗边，闲坐翻书，一不留神，就会被一词一句提醒，然后思念起陈旧的光阴。以及，那些年光里，执手偕行的爱人。头顶是寂静的辰星，一颗心，在无边无际的黑暗中，慢慢下沉。

每一次怀念都是一趟险峻的旅程。需要经历伤感，甚至哀痛。需要经历失落，甚至绝望。彼时，容若就是这样的心情。

也是杏花时节。"莲漏三声烛半条，杏花微雨湿轻绡。"莲漏，是古代计时的器具，用铜叶制成，形状如莲花。上置盆水，底部钻有小孔，漏水计时。盆水漏一半时为"一沉"。每昼夜是十二沉。昏默烛光映照，夜半莲漏声绕。伊人已去三四年。窗外是杏花盛开，夜雨微扬。

他呢？心里盈满寂寞。这种深夜思怀旧人的孤苦心境，每一个曾失恋过的人都定然懂得。是遗憾与悔恨交织，是断魂无据，是相思无极。

接下来容若一句"那将红豆寄无聊"从暗夜微雨的荒芜夜景当中挑明了情思和词意。"红豆"是这阕《浣溪沙》词的词眼，一语道破心意。自古红豆谓相思，是男女定情信物，是久别难逢的相思之物。

王维那首《相思》成了后世男女之间不可或缺的爱之箴言，总被情痴的人誊入羞赧告白的几纸情书，亦是后人作文时常常引用以渲染文章曼妙意境的佳句。

红豆生南国，春来发几枝？

愿君多采撷，此物最相思。

红豆，也叫相思豆，或是相思子。红豆产于南国，晶莹如珊瑚，是南方人常佩戴之物。相传，古代有女子，因丈夫从军未归，死于边地，便怀君成疾，相思至死。女子死后，滴下的泪便化作红豆，生根发芽，长成大树。红豆实是伤心之物，但总有美好寓意。

民间有习俗说，婚嫁之时，若新娘在手腕或颈上佩戴相思红豆所穿制的手环或项链，可保一双人白头偕老。夫妻婚后，若在枕下各放六颗许过愿的相思红豆，亦可保夫妻同心，百年好合。真是一件极浪漫极深情之物。

容若写"那将红豆寄无聊"。愁极之时，取出那枚红豆，聊慰一心孤楚，寄那无望之相思。除此之外，他也不知还有何事可做，愿意做。情爱这件事，世人皆知它残忍本相，却又总是因了那欢愉前赴后继地投身进去，甚至不留退路。是这样的不悔与执迷。

眼见"春色已看浓似酒"，那人却是"归期安得信如潮"。春色渐深渐浓，如酒酣畅，却只能冷眼旁观辜负好时光。因他所思所恋慕的人，未有归期。"信如潮"是说如定期到来的潮水一般准确无差。"安得"便是明知不得。
"早知潮有信，嫁与弄潮儿"，在容若这一处，怕是也失
了用场。

又是离情，又是思心。"离魂入夜倩谁招"，又是梦里
相遇不得。但容若在这阕词里，似是有意克制，那情那意，
倒仍是清芬，没有过分。夜半时分读这首词，竟觉那哀苦当
中有几分静谧。

人寂寂（浣溪沙）

消息谁传到拒霜？两行斜雁碧天长。
晚秋风景倍凄凉。

银蒜押帘人寂寂，玉钗敲烛信茫茫。
黄花开也近重阳。

——纳兰容若《浣溪沙》

拒霜，别名木芙蓉，生于陆上，盛开于夏末时节，或紫，或粉，或胭红，亦有粉白相间、紫粉氲然的色调。一如牡丹，花朵硕大，花瓣厚润，有种富贵气。芙蓉生于水上，便称水芙蓉，即是荷花。

年少时，记得母亲说过有一种"醉芙蓉"，甚有妙趣。说这"醉芙蓉"清晨开白花，中午花色转桃红，傍晚时分又转深红，是难得一见的名贵花种。遗憾的是，我至今未曾有幸得见。后来翻查资料，才知这"醉芙蓉"，也是木芙蓉的一种。

唐诗人柳宗元有诗，题曰《木芙蓉》：

有美不自蔽，安能守孤根。
盈盈湘西岸，秋至风露繁。
丽影别寒水，秾芳委前轩。
芰荷谅难杂，反此生高原。

王维诗作《辛夷坞》写的也是木芙蓉：

木末芙蓉花，山中发红萼。
涧户寂无人，纷纷开且落。

极爱王维的诗。苏东坡在《东坡题跋·书摩诘〈蓝关烟雨图〉》中说："味摩诘之诗，诗中有画；观摩诘之画，画中有诗。"摩诘是王维的字。苏轼"诗中有画"之说洵非虚誉。王维的诗是唐诗当中一道迷离的风景，不似李商隐艰涩，也不似李白旷达。他的诗有一种简朴，有一种禅意。

好似这木芙蓉，开于深山中，开在陌室旁。寂寂无声的天与地之间，她兀自开，兀自落，不与百花争艳，只是与世无争地独享一种静寂。深山，涧户，孤花，这些意象之间，分明有一种难以捉摸似明似暗但确实存在的禅意。意境深广，却又清朴可触。

容若常借女子口吻写词。此词也不例外。他写"消息谁传到拒霜"，是女子离情难耐，是谁说，到这木芙蓉花开的时节便会回来。可而今，只见这木芙蓉，已是花开满树，却不见你归来。唯有"两行斜雁碧天长。晚秋风景倍凄凉"。此二句写的是鸿雁长空，晚秋空寂之景。天高旷远之下，他独立秋风，人凄凉，景凄凉。

词之上阕，容若以女子之眼所见屋外之景，下阕则是容若以女子之身所感室内之相。"银蒜押帘人寂寂，玉钗敲烛信茫茫。"虽是两个细节，两句描绘，却只是一种孤独，一种寂寞。

"银蒜押帘"是指古代银质的一种蒜形押帘。苏东坡的《哨遍·春词》中即有"睡起画堂，银蒜押帘，珠幕云垂地"的句子。女子"玉钗敲烛"的景况也易想见，看过去便知她心事难耐。

那银蒜押帘内，她孤自一人，内心孤荒，似是流离飘零人。只见百无聊赖时，似是女童一般摘下玉钗轻轻敲烛，借以度过漫漫长夜，似在等他茫茫无期的音信。

好似迎合她心中期盼，转眼便到了思亲之节。再看窗外，便是"黄花开也近重阳"。而今这一刻，她忽然不知，该喜，还是该忧。

忆从头（浣溪沙）

雨歇梧桐泪乍收，遣怀翻自忆从头，
摘花销恨旧风流。

帘影碧桃人已去，屧痕苍藓径空留。
两眉何处月如钩？
——纳兰容若《浣溪沙》

　　容若这阕《浣溪沙》词，立意如旧。写秋雨时节遣怀思人。先有温庭筠"梧桐树，三更雨，不道离情正苦"之句，后有李清照"梧桐更兼细雨，到黄昏，点点滴滴"之句。再见此处容若的"雨歇梧桐泪乍收"时，心中便盈满秋雨愁绪。

　　秋雨时节最是恼人。万物潮湿，令人腻烦。容若此处写雨歇之时，恰似梧桐泪收。将那雨比作秋日梧桐的泪，甚至哀绝。在这样一种低落的情意基调当中，他便情不自禁，跌进回忆当中，变得伤感。"遣怀翻自忆从头"。从最初的最初，开始怀念。

她尚与他在一起的那些年，多快乐。他可以轻易牵起她的手，穿过人群，穿过丛林，去往他们的游园地。在那里，头顶灿烂星辰，脚踏青葱莲藤。或是，看烟火流离，摘花销恨。那些旧日美好时光，如今他纵隔着千山万水去怀念，依旧妙不可言。

都说，萱草忘忧，桃花销恨。谓"销恨花"，即是桃花。五代王仁裕于《开元天宝遗事》记："明皇于禁苑中，初，有千叶桃盛开，帝与贵妃日逐宴于树下。帝曰：'不独萱草忘忧，此花亦能销恨。'"

容若的《浣溪沙》词有数首体例格局相似。上阕思忆过往，抒发哀念，下阕转而写当下景，抒当下情。今昔呼应，将心中所思所想所怀念的人、情、事，写到饱满，甚至极致。这阕词亦是如此。

下阕他写"帘影碧桃人已去，屟痕苍藓径空留"这两句是极有意境的。碧桃花开妖艳艳，长满苍藓的小径之上，她的娇小鞋痕尚在，但美人却早已不知何处去。分开已经年。是到了这样的一个情分上，不得不念起崔护那首《题都城南庄》，感念之。

去年今日此门中，人面桃花相映红。
人面不知何处去，桃花依旧笑春风。

去年今日，就在这长安南庄，就在这清朴木扉之后，犹见她胭红美至极处的脸，在桃花映照之下，似要将他心魂夺了去。却不料而今再来，竟是人去屋空，今昔两异。唯有那桃花灿烂盛放，依旧如昨。崔护这一处的诗心，想必作此《浣溪沙》词时的纳兰容若最是懂得。

又有袁枚那句"二月春归风雨天，碧桃花下感流年"让人惊艳，又伤感。衔来放在此处一并吟诵，实在是一件妙事。虽素有文人相轻一说，但这相轻的文人往往彼此是懂得的。就似武侠小说里的天生劲敌，亦总是互为依存。失了谁，都不再完整。

这份碧桃花下思怀旧人的心意，齐齐月下来相惜，才是最美。读容若，再读崔护，又读袁枚，便更觉词末这句"两眉何处月如钩"情致哀艳，思心深婉。

很美。

自经年（浣溪沙）

西郊冯氏园看海棠，因忆《香严词》有感。

谁道飘零不可怜，旧游时节好花天，
断肠人去自经年。
一片晕红才著雨，几丝柔绿乍和烟。
倩魂销尽夕阳前。

——纳兰容若《浣溪沙》

何为《香严词》？《香严词》乃是明末清初诗人龚鼎孳的词作集。龚鼎孳，字孝升，号芝麓，安徽合肥人。此人洽闻博学，诗文并工，在文人中声望很高。时人把他与江南的钱谦益、吴伟业并称为"江左三大家"。著有《定山堂集》等。

关于龚鼎孳其人，虽后世褒贬不一，但一生经历也是传奇。除了与容若交好，那个惊艳女子，秦淮河畔的奇女子顾横波，便是他命中最大的奇迹。当然，这是别处的，又一个故事。日后是要专门为他们写文章，甚至写一本书的。

此处不打算细说，不可喧宾夺主。龚鼎孳在《香严词》里有《罗敷媚·朱右军司马招集西郊冯氏园看海棠》一词，写的便是在冯氏园中看海棠花一事。

今年又向花间醉，薄病探春，
火齐才匀，恰是盈盈十五身。

青苔过雨风帘定，天判芳晨，
莺燕未嗔，白首看花更几人。

虽然"罗敷媚"即是"采桑子"。但"罗敷媚"三个字较之平平的"采桑子"多了一份曲意深婉，风情乍现。只是龚鼎孳这阕词词意不似词牌那样媚，是蕴涵一种老人才有的暮年沧桑。些许哀凉，只是那哀凉清而不苦，淡淡浅浅，带着通达的人生领悟与略微的悲伤。

西郊冯氏园在今北京广安门外小屯，声名在外。时有朝廷官员、豪门子弟会特地前来观赏。

最高官居礼部尚书的龚鼎孳与一等侍卫纳兰容若前往冯氏园林观赏也是顺理成章的事。只是，容若见海棠，与龚鼎孳眼中的，有差异。龚鼎孳写的是枝上海棠，沉醉芬芳。容若写的是海棠凋落，寂寂飘零。

清代徐釚撰《词苑丛谈》曰："《侧帽词》，有西郊冯氏园看海棠《浣溪沙》云：'谁道飘零不可怜。旧游时节好花天，断肠人去自经年。一片晕红才著雨，几丝柔绿乍和烟，情魂销尽夕阳前。'盖忆《香严词》有感作也。王俨斋以为柔情一续，能令九转肠回，虽山抹微云君，不能道也。"

盛赞此词意蕴，婉媚空灵，惝悦迷离。旁人不可比拟。词的上阕思忆曾经，下阕实写花景。上阕写："谁道飘零不可怜，旧游时节好花天。断肠人去自经年。"他见海棠花落，便不禁想起旧时百花盛放他与她携手同游的好年光。只是他与她之间，情路已尽。而今，伊人一去，业已经年。

"一片晕红才著雨，几丝柔绿乍和烟。情魂销尽夕阳前。"到了词的下阕，他借眼前晕红柔绿的迷离之景，表

144

达内心叹红颜无常青春易逝的颓伤心意。末句"倩魂销尽夕阳前"一句引用了"离魂倩女"的典故。陈玄佑《离魂记》略云：

"唐张镒居衡州，有女曰倩娘，甥曰王宙。宙幼聪慧，镒许以女妻之，及长，两相爱慕。镒忽以女别字。女闻郁抑；宙亦恚恨，托言赴京，买舟遽行。夜半感想不寐，倩娘忽至，悲喜之余，挈与俱遁。居蜀五年，生二子，始共归衡州。宙诣镒自谢，镒大惊；以其女固在室病，数年未离闺闼也。两女既相见，翕然合为一体。"

在这首词当中，容若笔下的"倩魂"指的则理应是他的亡妻卢氏。卢氏之死，对容若来说，犹似天雷，是个几近致命的打击。曾经，他心因她而蓬勃，而今，他心亦是因她要萎枯。心意沉痛。

她在时，他觉得漫天漫地皆有欢喜。
她不在时，他见海棠花落也似吊唁。

瘦几分（浣溪沙）

欲问江梅瘦几分，只看愁损翠罗裙，
麝篝衾冷惜馀熏。

可耐暮寒长倚竹，便教春好不开门。
枇杷花底校书人。

——纳兰容若《浣溪沙》

开篇一句"欲问江梅瘦几分"，愁绪入定。见那梅花清瘦，便怜花心起，不由得有几分轻微的伤感。他说，若是想知道这江边梅花在萧瑟冷风中又清瘦了几分，看那翠色罗裙下的女子腰身便知道。这一处，容若是将梅与人互喻。花便是人，人亦是花。

花清瘦，人愁损。宋词人程垓曾作词《摊破江城子》，当中即有"一夜无眠连晓角，人瘦也，比梅花，瘦几分"之句，容若此处的"欲问江梅瘦几分"即是化用程垓这句词而来。

娟娟霜月又侵门。对黄昏。怯黄昏。
愁把梅花，独自泛清尊。
酒又难禁花又恼，漏声远，一更更、总断魂。

断魂。断魂。不堪闻。被半温。香半熏。
睡也睡也，睡不稳、谁与温存。
只有床前、红烛伴啼痕。
一夜无眠连晓角，人瘦也，比梅花，瘦几分。

在这样一种人花两相憔悴的情境之下，容若又写"麝篝衾冷惜馀熏"。这一句的意思是，熏笼内燃烧的麝香将尽，在梅花将落的初春时节，拥衾亦冷，所以那麝香燃后的余热便要愈加珍惜。深有喟叹时光易逝的意味。

"麝篝"是古人燃烧麝香的熏笼。古人对麝香颇有情钟。也因麝香是良材。雄麝的肚脐和生殖器之间的腺囊的分泌物，干燥后呈颗粒状或块状，有特殊的香气。可以制成香料，亦可入药。其用途甚广。除了"麝篝"一物是专门燃烧麝香的器具，古人还有"麝枕"、"麝帏"、"麝衾"等与麝香关联紧密的用物。

容若这阕词写得含蓄，不同于他的悼亡词情意浓烈。愁绪虽长，却也轻慢。缓缓道来，有条不紊。到词的下阕，便开始人心所想。通过"可耐暮寒长倚竹，便教春好不开门"两句描写，将那种忧愁倦怠的心理描写入微，以此渗泄出心中哀愁。

彼时，大约是寒风凛冽的天气。暮色之下，更觉寒凉。哪能一如往常，倚门而立。纵是她知屋外已是春光乍泄，无奈料峭春寒，实在不愿开门受冻。唯能在那枇杷花下，关起门来，做一名寂寞读书人。

这"枇杷花底校书人"里的"校书人（读书人）"便是薛涛。唐代王建曾为薛涛作下一首，诗题便是《寄蜀中薛涛校书》。

万里桥边女校书，枇杷花里闭门居。
扫眉才子知多少，管领春风总不如。

彼时，薛涛名冠京城，是首屈一指的绝色乐姬。薛涛虽年少受苦，但依然修得一心雅致，迷倒包括元稹、白居易、刘禹锡、杜牧等在内的当时众多才倾天下的男子。因薛涛才绝，当时朝廷重臣韦皋镇蜀之时甚至奏请授薛涛为校书郎。虽未果，但薛涛的"女校书"之名从此广为人知。

因了最后一句，便怎样也无法跳脱出思维，脑中时时萦绕的皆是"薛涛"二字。薛涛之才今人尚可以寻见，但薛涛之美，怕是永不再见了。容若这阕《浣溪沙》词，犹似专门致意薛涛，追悼这大唐才女的。如此来解，未尝不可。

却回头（浣溪沙）

一半残阳下小楼，朱帘斜控软金钩，
倚阑无绪不能愁。

有个盈盈骑马过，薄妆浅黛亦风流。
见人羞涩却回头。

——纳兰容若《浣溪沙》

每读纳兰词"有个盈盈骑马过"，心情便好。

纳兰词里，悼亡词最多，愁怨词不少，旷放的边塞词
亦有，唯独意境欢快如少年游戏一般趣意无限的词作则只
占少数。此阕《浣溪沙》词便是其中一首。虽有"倚阑
无绪不能愁"之句，但此"愁"不愁，只是俏悦。

张秉成在《纳兰性德词新释辑评》当中评说此词道：

"此词宜抒情，或直发胸臆，或假以兴象。叙事者少见。而本篇则恰是以叙事的手法填出，颇得出奇之妙。词中刻画了一个小的场景，描绘了一个细节，却活灵活现地勾画出闺中女子怀春又羞怯的形象。刻画而不伤其情韵，清新别致，很有韦庄词的意味。"

　　那年黄昏，残阳照在他身。他内心些微寥落，于是登楼望远。看看人，看看景。"一半残阳下小楼，朱帘斜控软金钩。"锦帘垂挂金钩之上，温柔摇曳。"控"在此处应理解为锦帘垂挂的弯曲姿态。"倚阑无绪不能愁"。他静静仁立，身倚栏杆。心中空荡，沉默无言。

　　容若内心敏感，细腻至极。独处一事对他来讲，势必极有压力，会有孤寂感，会无所适从，会生发渴望，与人相伴。似是稚弱男童，有一颗脆弱之心时时需要爱之看顾。心的需索太甚，今时亦是如此。只是，那街市之上所有喧嚣皆是与他无关。

　　直到她出现，身骑白马，盈盈而过。

　　纳兰长居京城，与汉人交往。诗词文章之高妙，汉人亦不能比。因此，纳兰词当中几无满人之气，给人一种身份错觉，以为他是汉人，非是满人。所以，有人论及纳兰词的民族特色之时，便硬将以"有个盈盈骑马过"为论，说女子骑马是满族风俗。

其实并非如此，恰如赵秀亭在《纳兰丛话》中所说：

"性德曼殊翘楚，今人有论其词之'民族特色'者，每举《浣溪沙》'有个盈盈骑马过'为论，盖以女子骑马为满俗也，然'吴姬十五细马驮'，见太白诗；'骑马佳人卷画衫'，见卢延让诗，妇人骑乘乃古来常事也，非必满族。又尤侗《女冠子·美人骑马》：'春芽拥翠会，香汗发红潮。辔儿跑不住，抱鞍桥。'焉可认尤侗具'满族特色'耶！"

"有个盈盈骑马过，薄妆浅黛亦风流。"忽有女子闯入他视野，是这样飒爽俏丽的美人。薄妆浅黛，依然美妙不可言。真正的美人原本便不应该是用脂粉堆叠出的。她便是如此。有一种北方女子独有的纯粹和天真。

"盈盈"本是形容女子仪态美好，这一处是用来代指女子本身。《古诗十九首》当中亦有"盈盈"一词。"青青河畔草，郁郁园中柳。盈盈楼上女，皎皎当窗牖。"虽诗意与容若此处的表达甚有差别，但"盈盈"一词用法一致。只是这里的女子人在楼上，心在远方。不似容若词中，他在楼中，伊在街上。

最后一句"见人羞涩却回头"最是风流。内敛，婉约，含蓄。是那种"犹抱琵琶半遮面"的叙述。中国人素来讲究意境，讲究含蓄，讲究那种不足为外人道的深蕴之美。这一句才是词中将女子之神韵写到极致的句子。

不能说他是爱她的。他与她不过是萍水擦肩，并未相逢。他远在楼上看她，心生欢喜。她并不知。彼时不知，将来也不会知道。只是默默骑马，与他错过。但谁不曾有过一两个瞬间，迷上身边擦肩而过俏俊的陌路人。她只是他那寂寞一刻不经所见的陌上美景。

大约没有比这更美妙的"艳遇"了。

断肠声里忆平生

耐寻思（浣溪沙）

睡起惺忪强自支，绿倾蝉鬓下帘时，
夜来愁损小腰肢。

远信不归空伫望，幽期细数却参差。
更兼何事耐寻思？
———纳兰容若《浣溪沙》

而今的年代，念或不念一个人，距离皆不是障碍。但在容若的年代，两地相思，依然是苦不堪言的事。是果真需要掐指将日子来算，一日复一日，焚心等待的。

为了极致地表达出情感的细腻纹路，纳兰词当中的爱情词多以女性视角来写。在这阕词中，焚心等候的女子，便一如容若般情痴。心中时时想着念着远方的离人。多少缠绵缱绻的情爱悲欢当中，痴恋的那个人总是这样以分秒当年日地在熬度。

清晨，日光朗照，女子起身。美人尚惺忪，强自支起身梳妆。倦容当中是无可掩饰的憔悴，楚楚惹人怜。爱中女子便是如此。她虽是形容委靡，但依旧可见她秀发乌黑，柔顺披挂。"绿倾蝉鬓下帘时"，极是美，极是动人。

"绿"在此处是形容女子秀发乌黑。一如"青丝"当中"青"字的用法。与之相关最出名的一句诗大约是李白《将进酒》里那句"君不见高堂明镜悲白发，朝如青丝暮成雪"。

另外，"蝉鬓"是古代女子的一种发式。晋代崔豹在《古今注·杂注》中记道："魏文帝宫人绝所爱者，有莫琼树、薛月来、田尚衣、段巧笑四人，日夕在侧。琼树乃制蝉鬓，缥眇如蝉，故曰蝉鬓。"其形将鬓角处的头发，向外梳掠得极其扩张，形成薄薄一层，同蝉翼相仿佛。盛唐时，最为流行。

一夜过去，她默默对镜梳妆，面无血色，似是大病一场。谁说不是呢？那爱，本便是重疾，顽疾，是不治之疾。彼时，她便是身患"爱病"，昼夜之间，便形容愁损。女子无依，可怜如是。

只是，这一切，那人并不能获知。而今，那恋慕自己的美妙女子为他消得身心憔悴。她时常会伫立窗边，或是倚门远望，心中片刻未曾停止期盼，盼心中男子可在某个暮色降临的黄昏，从遥遥他方，缓步前来。一如她日思夜想，梦中所见。

却可惜，都是失望，都是颓丧。"远信不归空伫望，幽期细数却参差。""幽期"是指这一双人约定相会的日子。她在心中细细数算过千万遍，日等夜等。而今这一刻，心中愁绪万千，再数幽期，次次出错，竟至无法数算清楚的地步。

这阕词中，"幽期细数却参差"的细节最是动人。那种沉陷怀念心不在焉的情状被刻画得极为逼真，是真的会连最简单最细微的事情也无法做到、做好的。"更兼何事耐寻思"。不及顾念，她哪里还有心思去思寻别的事。

幽独如是。
孤凄如是。
哀艳如是。

雨霏微（浣溪沙）

五月江南麦已稀，黄梅时节雨霏微，
闲看燕子教雏飞。

一水浓阴如罨画，数峰无恙又晴晖。
湔裙谁独上渔矶。

——纳兰容若《浣溪沙》

烟水迷离。
百花明艳。
风木流连。

江南。就是这样简单的两个字，迷倒不知多少文人墨
客。旧时交通不便，出行不易，从北方去往南方，是真正的
跋山涉水，千里之行。白居易那三阕《忆江南》是旧时文人
"江南情结"表达的典范作品。

江南好，风景旧曾谙。
日出江花红胜火，春来江水绿如蓝。
能不忆江南？

江南忆，最忆是杭州。
山寺月中寻桂子，郡亭枕上看潮头。
何日更重游？

江南忆，其次忆吴宫。
吴酒一杯春竹叶，吴娃双舞醉芙蓉。
早晚复相逢？

这三阕词是白居易离开江南回到洛阳十二年之后作下的词。字字出他心。"江南好"，一语道出心中不能掩饰的眷念。居住在江南的旧时时光，在他心中从来深刻。好一句"日出江花红胜火，春来江水绿如蓝"。江南，就是这样诗情画意、美艳绝伦的一个好地方。

这三首词是白居易十二年前的记忆。而今，生活将他带领至此，他蓦然回首，才发现自己最珍爱的时光是在江南的那些年。那些年光轻柔、欢悦，纯真如少年。那些往事斑斓、灿然，又真挚如清流。一如容若此端写下这阕《浣溪沙》词的心意。

五月，最是江南好时节。麦田已稀，梅雨霏微。"五月江南麦已稀，黄梅时节雨霏微"，十分静美的画面。就好像，平凡生活里你与那人不经意的一次擦肩，邂逅在梅雨缠绵的江南水乡，成就一段唯有彼此心知的苍绿流年。

再有，"霏微"，极美极清秀的一个词。好似溪边浣纱的小家碧玉，一颦一笑好朦胧。霏微便是朦胧之意。韩愈的《喜雪献裴尚书》当中"浩荡乾坤合，霏微风象移"一句亦有"霏微"。霏微梅雨在落，他闲坐家中，看檐下雏燕学飞。闲淡如是。

待梅雨渐息时分，会见如黛远山氤出美丽光照。山下是烟波流水，水澹澹兮生烟。山水静谧映对，美到极处。"一水浓阴如罨画，数峰无恙又晴晖。"江南风景，是真的总如泼墨山水画一般，悠远缠绵，清雅有致。

还有那浣衣的女子，"湔裙谁独上渔矶"。轻悄悄缓步上前，赤脚踏上鱼矶石，捣衣声声，碎在容若寂静深美的江南梦中。真真是江南春远，真真是流水一梦。北方男子的江南幽梦。

容若这阕《浣溪沙》词品格清奇，空灵有致，如诗如画。读这一首《浣溪沙》，似见公子容若闲坐溪水亭畔，一卷《诗经》遗在手边，烟雨缭绕身旁。有时近看，农家麦穗，廊下燕子；有时远望，如黛山峰，湔裙女子。

亦好像可以听见，江南巷陌之间的吴侬软语。
还有氤氲在霏微梅雨中的油纸伞。

惆怅客（浣溪沙）

残雪凝辉冷画屏。《落梅》横笛已三更，
更无人处月胧明。

我是人间惆怅客，知君何事泪纵横。
断肠声里忆平生。

——纳兰容若《浣溪沙》

昨夜寒蛩不住鸣。惊回千里梦，已三更。
起来独自绕阶行。人悄悄，帘外月胧明。

白首为功名。旧山松竹老，阻归程。
欲将心事付瑶琴，知音少，弦断有谁听？

岳飞作这阕《小重山》之时，也是心意低回，壮志难酬，梦想在胸，需要的不过是一份认同。他是骨子里的大丈夫，需要有一个属于他的战场，以抛洒热血，以护卫国家。却在小人横行的时局里，被排挤，被暗算，被折戟沉沙。

午夜梦回，他心中沉痛。忆及那些年的刀光剑影，而今息于一旦，空付江山。恰如彼时的纳兰容若，是满心孤凉。"欲将心事付瑶琴，知音少，弦断有谁听"的怅惘，容若亦是懂得。

容若不是只会花前月下哀愁感伤的贵公子。他一身武艺，文才卓尔，亦是心有担当的男子，心有乾坤的男子。却可惜，贵胄之身给予他与生俱来的富贵与荣华，亦令康熙帝对他有所戒备。

父亲纳兰明珠是大清实力不容小觑的重臣，容若亦是难得一见的将才。但康熙帝一心需要将之笼络在身，一心又必须时时将这一家人置于眼皮之下，务必完全掌控。因此，容若预料得到自身结局，一等侍卫到终生。一世只能做皇帝扈从，不能横刀沙场，不能浴血杀敌，不能卫家卫国。

人心深阔，总希冀能将自己不断壮大，会有所理想，有所冀望，以使人生趋近完满，富有存在感，并实现生之价值。虽这价值亦是虚空，却具备引领一生至穷尽的操控力。

容若这阕《浣溪沙》词写得便是这一些。是英雄理想，亦是心志不得施展的寂寞和孤凉。上阕写景，下阕抒情。庸常的语词格局当中却是亢烈深沉令人惊动的伤与恨。

冬日雪光映照入室，落在屏风之上，泛出一种幽冷之气，令人心中哀凉。"残雪凝辉冷画屏。《落梅》横笛已三更。"他说，有笛声入耳，细听竟是《梅花落》，至为凄冷的一支曲子。无人寂静之夜，抬头是月光凉薄，低头是荒芜孤影。

人生几多惆怅，彼时，似都被容若一人占尽。容若写"我是人间惆怅客"。这惆怅，是真真深入骨血影响极为深刻的一种失意和惘然。

而"活"这件事，原本即是充满坎坷和险恶的，但也正是因了这坎坷和险恶才有所跌宕，才会生发意义。可是他的人生前路却是可以清晰预见的。庸常人生可一眼便看到底的悲凉，容若体会得最为深彻。

于是，他方能写出"知君何事泪纵横，断肠声里忆平生"这般极恸的句子来。他是痛到了极处，于是落了泪，在《梅花落》的哀凉乐音当中沉陷，跌进回忆当中，形影相吊。

一生愁（浣溪沙）

微晕娇花湿欲流，簟纹灯影一生愁，
梦回疑在远山楼。

残月暗窥金屈戍，软风徐荡玉帘钩。
待听邻女唤梳头。

——纳兰容若《浣溪沙·咏五更和湘真韵》

读前人作品，生发感慨，作诗词致意，是情理之中的事情。这首词便是容若致意明代词人陈子龙的一阕词。

陈子龙，初名介，字卧子、懋中、人中，号大樽、海士、轶符等。本是明末朝廷官员，后成为明末文社组织几社的领袖，进行了一系列抗清活动。事败后被捕，投水殉国。

陈子龙亦是明末极负盛名的文人，诗词成就皆很高。诗风或悲壮，或苍凉，或优雅，或清丽。他尤善七律、七绝，词风多婉约，为明末云间词派的代表人物，被后代众多著名词评家誉为"明代第一词人"。遗有一卷《湘真阁存稿》。

　　故在这阕《浣溪沙·咏五更，和湘真韵》词中，容若以湘真借代陈子龙。容若所和之韵即是陈子龙的那一首《浣溪沙·五更》。

　　半枕轻寒泪暗流，愁时如梦梦时愁，角声初到小红楼。

　　风动残灯摇绣幕，花笼微月淡帘钩，陡然旧恨上心头。

　　也是以女子视角来写。在午夜梦回之时，她枕泪而起，忆及梦中种种，心中顿时哀愁浓重。往事总是具备这样的力量，在深夜时分，让你猝然梦醒，抑或彻夜绝眠。一点一点看着自己从现实当中抽离，跌回记忆当中，与那些与爱有关的往事荣辱与共。再次欢喜，或是疼痛。

　　又听闻窗外角声如泣，有风吹过，残灯摇曳，夜光影影

绰绰。"风动残灯摇绣幕，花笼微月淡帘钩"，颇有花间
遗味。极是娇柔，又极是妙丽。真真将女子心中之哀
之愁，通过细节，通过那些琳琅精致，描摹得极为逼真
和深刻。

往事生悲，恨上心头。

容若这阕和韵之词味道则清淡许多。陈廷焯在《词则闲
情集》中评说此词道："调合意远，似此真不愧大雅矣。
古今艳词亦不多见也。惜全篇平平。"词是清淡，却亦有
滋味。

天色微明之时，隐约可见屋外盛开的花朵轮廓。此时，
他惊觉目中含泪，隐隐欲出。"微晕娇花湿欲流，簟纹灯
影一生愁，梦回疑在远山楼。"梦中，他又见她。伊人在远
山，与他遥遥相望。令人感伤。

"残月暗窥金屈戍"一句中的"金屈戍"，是指旧时门
上用来锁门的环形搭扣。此处借代房间。他说，也是残月微
光的夜。夜光稀薄，寂寂落入室内，极是苍凉。又有"软风
徐荡玉帘钩"。风吹帘动，更显房中寂寥。这寂寥，亦是词
人心境所显。

最后一句"待听邻女唤梳头"最富趣致。暗夜逝去，拂晓来临。夜景朦胧，他忧愁暗生。却忽然听见邻家女子被唤的声音。那声音，也似是在唤他，将他从幽暗不明的寥落和伤感当中唤醒，唤回现实当中。而那女子则是要梳妆打扮，开始新一天的生活。

明朝又是艳阳如新。
一切忧伤都会逝去。

那时情（浣溪沙）

五字诗中目乍成，尽教残福折书生，
手接裙带那时情。

别后心期和梦杳，年来憔悴与愁并。
夕阳依旧小窗明。
　　　　——纳兰容若《浣溪沙》

那是一个纯真年代。男女之间的爱之传递情之表达都极
是含蓄极是婉约极是曼妙。譬如容若这阕《浣溪沙》词里写
的这一双人。

那一年，她遇见他。他写给她一首五言诗。寥寥数语，
却击溃她心，令她沉醉。她抬眼见他时，他便似少年一般
沉默，立在不远处，安稳看她。是这样沉静俊好的男子。

词之首句"五字诗中目乍成"当中所说的"五字诗",是五言诗之意。此句是直接引自明代诗人王次回的诗《有赠》。当中有"矜严时已逗风情,五字诗中目乍成"的句子。提及王次回,倒是有话可说。容若对王次回极是推崇的。

据统计,纳兰词当中化用王次回诗句的情形多有七十余次,其诗句无疑是容若所化用次数最多的对象。除此一句"五字诗中目乍成"是直引王次回的诗句。那一句哀美至极的"一片幽情冷处浓"亦是源自王次回的诗。

"尽教残福折书生"亦是化用王次回的诗句。王次回在《梦游二十四首》的第四首当中即有"相对只消香共鸣,半宵残福折书生"之句。残福可理解为福薄之意。

容若这阕词的写作对象应当有所设定的。许因常年与汉族失意文人交往,深知寻常书生一生情缘波折难定。势必想着考取功名光耀门楣,要进京赴考,要万里离家。路途遥遥,更是流离无居。所遇之女子,多是情深,亦都缘浅。路在前方,相遇,相爱,然后离开。有情人总难成眷属。

这阕词，亦是如此，是注定折损人心的一段情。而今，当她再回想，那年路遇赠诗于己的男子，竟"手挼裙带"，心中依旧春潮翻涌。这样一个女子娇羞的细节容若写得实在生动。似果真可见那日，她羞红脸容，绞着手倚在窗边，轻揉裙带的可人模样。

如今虽已相别多年，但当她再次想起这些旧日往事，心中情动竟未减当年。这露水情缘，不经意间，竟在这女子心上刻下如此之深的印痕，纵时岁更迭，也不能退减，变淡。"别后心期和梦杳，年来憔悴与愁并。"一切心之愁苦、哀凉，她都是甘愿。

许多人心中都藏着一份擦肩而过的爱。没有开始，没有结束。有的只是，夕阳西照时，余晖穿过窗口，披在身上之时，记忆当中氤氲出的那一抹暧昧的桃红。

足够心痛，亦足够用一生去默诵。

裁锦字（浣溪沙）

记绾长条欲别难，盈盈自此隔银湾，
便无风雪也摧残。

青雀几时裁锦字，玉虫连夜剪春幡。
不禁辛苦况相关。

——纳兰容若《浣溪沙》

纳兰容若心意温柔，难向别离。

于是，他一再作下离别之词，以叹息，以纪念。这阕
《浣溪沙》词写的就是"欲别难"。与中意的人告别，那一
种难舍与心恸，爱过的人都极易懂得，就是那样一种生生要
将割肉送君的艰辛。

那日，她送他离去。在渡口岸边，她折柳相赠。"记

绾长条欲别难"。长条即是柳枝。"记绾长条"即是将长长柳条打成结扣，然后赠与身边的离人。心中万千不舍与感伤，都化作无言。她知道，他这一去，便是"盈盈自此隔银湾"，难再见。

别离之后，自此天各一方，音容杳然。这凄凉结局谁也不愿，谁也不想。却是注定的生之颠簸，爱之罹难。谁都没有办法。无法阻止，无法改变，唯任时光催逼，终要渐行渐远。

这离别时节，纵无风，纵无雪，她也是惆怅难耐，心意惘然。"便无风雪也摧残"，她这一份零落心意，凄婉动人。他也一定懂的。

"青雀几时裁锦字"一句容若连用典实，极具分量。当中所言"青雀"即是青鸟，是传说的一种神鸟，其神职便是西王母的信使。《山海经·西山经》："又西二百二十里，曰三危之山，三青鸟居之。"郭璞注："三青鸟主为西王母取食者，别自栖息于此山也。"

又有《艺文类聚》卷九一引汉班固《汉武故事》记："七月七日，上（汉武帝）于承华殿斋，正中，忽有一青鸟从西方来，集殿前。上问东方朔，朔曰：'此西王母欲来也。'有顷，王母至，有两青鸟如乌，侠侍王母旁。"因此，后人便常以"青鸟"代称信使。

"锦字"则是引苏若兰璇玑织锦诗一典。《晋书·窦涛妻苏氏传》载："涛，苻坚时为秦州刺史，被徙流沙，苏氏思之，织锦为回文旋图诗文以赠涛，婉转循环以读之，此生、词甚凄婉，凡八百四十字。"所以，此处"锦字"容若是用来指代信笺。

"玉虫连夜剪春幡"句中，"玉虫"则是比喻灯火。陆游《燕堂东偏一室夜读书其间戏作》诗中便有"油减玉虫暗，灰深红兽低"之句。"春幡"，即是春旗。立春日，或挂春旗于树梢，或剪缯绢成小幡，佩戴在头上。这是旧年的迎春习俗。辛弃疾《汉宫春·立春日》词亦写有："春已归来，看美人头上，袅袅春幡。"

容若"青雀几时裁锦字，玉虫连夜剪春幡"二句，写她心中苦涩，未曾等来他的只语片言。她去时，春柳修长，而今又到立春时。已是一去经年，已是数百日未见。她就这样在这周而复始的孤绝与失落当中，不留余地地爱着他。

词依旧写的是女子离情。语词依旧清丽，既典雅，亦不
失深致。上阕写当年离景，下阕写而今的渴念之心。是，
再悲凉，再无望，她依旧孜孜期许，未曾相弃。情痴女子
如她。信她所愿信的，守她甘心守的，万般辛苦亦不能成
为阻碍。

纳兰词总是这般，情致绵长。

别多时（浣溪沙）

杨柳千条送马蹄，北来征雁旧南飞，
客中谁与换春衣？

终古闲情归落照，一春幽梦逐游丝。
信回刚道别多时。

——纳兰容若《浣溪沙·古北口》

乱山入戟拥孤城，一线人争鸟道行。
地险东西分障塞，云开南北望神京。
新图已入三关志，往事休论十路兵。
都护近来长不调，年年烽火报生平。

是为纳兰容若题为《古北口》的诗。乱山，孤城，人
英迈。容若的这首诗较之于《浣溪沙·古北口》词，更显宽
阔，亦更显豪放和深刻。

古北口长城亦是中国长城史上最完整的体系。由北齐长城和明长城共同组成，包括卧虎山、蟠龙山、金山岭和司马台四个城段。古北口，是长城的重要关口，是山海关、居庸关两关之间的长城要塞。为辽东平原和内蒙古通往中原地区的咽喉，地势极为险要，是历来兵家必争之地。

所以，容若写"地险东西分障塞，云开南北望神京"。写古北口之"险"之"要"。这样一个见证过朝代更迭历史行程之地，在容若心中却是另有一番意味的。诸般心绪，容若都融凝在这一首《浣溪沙·古北口》词当中。

这阕词大约作于康熙二十一年春容若扈驾巡视盛京、乌喇等地的途中。据载，容若曾多次经过古北口。譬如，康熙十六年十月，容若扈驾赴汤泉。康熙二十一年二月至五月，容若扈驾巡视盛京、乌喇等地；康熙二十二年六月、七月，容若奉太皇太后出古北口避暑；康熙二十三年五月至八月，容若出古北口避暑。

词上阕写北行经历。"杨柳千条送马蹄，北来征雁旧南飞。"春柳绦绦之时，容若扈从北上。虽不是万马之苍茫，却也有一种千军之孤荡。飞去南方过冬的大雁亦开始阵阵北归。容若在组诗《记征人语》的第十一首当中便曾有"衡阳十月南来雁，不待征人尽北归"之句。语意落寞。北行，之于大雁，是归程，而他今时，却是离人。

一趟北行，更是长达数月。容若到底是贵胄公子，在家中，必是有仆人丫鬟伺候换衣。但这也只是王公贵族高门大户的人家才能有的生活体验。客中谁与换春衣？容若这一问，醉翁之意不在酒。不过是因客途他方，心中念家罢了。

词之下阕写孤单心路。"终古闲情归落照，一春幽梦逐游丝。"每至日落时分，他便心中情动，思乡意切。当中的情绪恰似如夜梦，缠绵不息，又似那春日缕缕游丝，交错盘旋。剪不断，理还乱。

"游丝"是指飘动的蛛丝，亦可指代蛛网。杜甫的《牵牛织女》诗有"蛛丝小人态，曲缀瓜果中"之句。王安石的《寄慎伯筠》诗有"世网挂士如蛛丝，大不及取小缀之"之句。晏殊的《蝶恋花》词亦有"满眼游丝兼落絮，红杏开时，一霎清明雨"之语。

词的末句"信回刚道别多时"点明心意。家书一封，方知久别多时。他被远方家人思念，一如此时他心中的深情挂牵。漫长客途，他心中婉曲惆怅，从何时开始，他竟果真厌倦了这逼仄的扈从生涯。

　　他是如此怀念，光阴深处，那个胸怀兼济天下，一脸纯真却渐行渐远的少年。终有一日，他亦会发现，就连而今的伤感，也不过只是一段过眼云烟般的客途秋恨。

若为情（浣溪沙）

身向云山那畔行。北风吹断马嘶声，
深秋远塞若为情！

一抹晚烟荒戍垒，半竿斜日旧关城。
古今幽恨几时平！

——纳兰容若《浣溪沙》

清康熙二十一年（1682）八月，纳兰容若受命赴觇梭
龙打虎山侦察。这阕词便是作于容若梭龙之行途中。词意
深远。

这阕词亦是纳兰词当中我极爱的一首。写得深沉又壮
阔，却又难掩骨子里的一分温柔。因那温柔，连心中幽恨与
惆怅也变得极美。夕阳西下，荒山古道，狼烟尘沙，钲鸣鼓
角。历史在这北方荒芜的土地之上，一帧一帧穿梭而过。最

后被容若一一编织进他的这阕《浣溪沙》词里。

读这阕词，似能听马蹄声声，回荡在遥远的山谷，亦似可见当年的战场硝烟，滚滚弥漫。容若写"身向云山那畔行，北风吹断马嘶声"。北方的天有一种辽阔，北方的路有一种坦荡，北方的风声似啸，淹没万马嘶鸣。

越是广袤，越是壮烈，便越是无依。是这样的一种激荡无涯，却又总难免让人心生惊惧。若是葬于这北国风沙，怕是亦不为人所知。"深秋远塞若为情"，容若心生慨叹，深秋远塞，面对北方荒芜天地，不知如何表述心中情怀。

十七世纪的边塞，大约果真就是人烟荒芜，天地寂寥的。谁人面对这般苍茫景象，心中许是都会有那种辽阔之后的凄凉。无边无际，漫无尽头。日暮之景，最是哀凉。

夕阳晚照，军士驻扎的营垒荒凉萧瑟。江山易主未逾百年，豺狼虎豹依旧对大清虎视眈眈，他有一腔热血，赤诚肝胆。若是换作少年时，他定是那一往无前、无所顾忌的英烈男子，驰骋在北方土地上，金戈铁马，挥血祭沙。

却如今，在皇帝身边，安顿多年，那一份豪烈之气被日渐削减。而今，面对这漫漫边关，心中竟只剩荒芜。是那种少年不得志，失了心气的无力。不过而立之年，却是心已沧桑。似耄耋老者，步履蹒跚，在这行军路上跌跌撞撞。

夕阳如锈，照在营垒竖起的旗杆之上，落下暗淡狭长的影。他一步一思，走在人间烟火渐灭的凄清路上。在这北方以北的地方，容若思忆过往，再看而今，昔日的飒爽少年，而今已是倦者无力。空留一心报国志在扈从皇帝的路上。彼时，他不免心中幽恨四起，不能平复。

于是，他作下了这阕心意惆怅的《浣溪沙》词。容若所见之景甚是苍茫，因是心中厌倦，于是那空劲的景，落在眼中，也是惆怅。不似唐代边塞诗人的诗作那样豪烈壮阔、慷慨激昂。印象极深的边塞诗有一首王昌龄的《从军行》。

青海长云暗雪山，孤城遥望玉门关。
黄沙百战穿金甲，不破楼兰终不还。

如此血气方刚的一首诗，充满男子气概。唐人笔下的边关总是如此萧瑟硬朗，不似容若笔下这般哀婉薄凉。倒是岑参那两句"琵琶一曲肠堪断，风萧萧兮夜漫漫"最合纳兰词意。

在天涯（浣溪沙）

万里阴山万里沙，谁将绿鬓斗霜华？
年来强半在天涯。

魂梦不离金屈戍，画图亲展玉鸦叉。
生怜瘦减一分花。

——纳兰容若《浣溪沙》

这阕词本题于容若《出塞图》之上。虽与上一首词同为
边塞词，但不同的是，这阕词立意私人情感生活，语词深婉
更甚，回归了纳兰词一贯的爱恨低吟。也因此，不如上阕词
词意开阔。

阴山位于今河套以北，大漠以南诸山的统称。《史
记·秦始皇本纪》："自榆中并河以东，属之阴山。"提及
阴山，谁人能忘王昌龄的那一首《出塞》。

秦时明月汉时关，万里长征人未还。

但使龙城飞将在，不教胡马度阴山。

行于万里阴山，彼时的容若心中挂碍甚多，难能有王昌龄之豪迈气魄。语词之间尽是哀伤，是一个成年男子对无定的生涯与逼仄的旧路发出的叹息。是遗憾，也有伤感。亦因彼时，他走在荒凉大漠上，不经意便思念起家中的她。

"万里阴山万里沙，谁将绿鬓斗霜华？"走在沙尘弥漫的阴山脚下，他心中万千感慨，对世事私情皆有所喟叹。于是，他便借着心中伤感不禁自问，是谁令自己曾经黑郁的头发变得苍白。

有一种男子，深情是骨子里的事情。一转身，一迈步，皆有一种风流在。如此情深之人势必心思细腻如尘。知道世情纹理，一点一滴的细节都能入眼。多思不亚于女子，容若即是这样的人。

所以，彼时他便生发"年来强半在天涯"的感慨。一年大半时间他都是随军流离在外，在天涯空度，似是无居的流浪人。而今见友人所作《出塞图》更是愁情暗涌。

词之下阕，"魂梦不离金屈戌，画图亲展玉鸦叉。生怜瘦减一分花"。好一句"生怜瘦减一分花"。容若便用虚设之笔，写离魂还家，见妻子憔悴瘦损，心中悲伤。他依然记得，那年她与他花前结发，曾许诺，只愿与君，白首共天涯。

而今，他却未能，待她如昔，朝夕不离。

待春风（浣溪沙）

收取闲心冷处浓，舞裙犹忆柘枝红，

谁家刻烛待春风？

竹叶樽空翻彩燕，九枝灯烡颤金虫。

风流端合倚天公。

——纳兰容若《浣溪沙·庚申除夜》

平铺一合锦筵开，连击三声画鼓催。

红蜡烛移桃叶起，紫罗衫动柘枝来。

带垂钿胯花腰重，帽转金铃雪面回。

看即曲终留不住，云飘雨送向阳台。

是为白居易的《柘枝妓》诗，写得轻盈曼妙。柘枝舞的
妖娆与香艳尽在诗间。柘枝舞，属于健舞的一种。所谓健舞，
即是唐代广泛流行于宫廷、贵族士大夫家宴及民间的小型表演

性舞蹈，其特点便是节奏明快，矫捷雄健。

柘枝舞是从西域的石国传入中原的，因石国又名柘枝，所以它便被称为"柘枝舞"。柘枝舞，本为女子独舞，在中原广泛流传后，出现了专门表演此舞的"柘枝妓"，并渐次由独舞发展成双人舞。宋时，开始发展成为多人舞，经常在贵族的酒宴中由歌伎表演，供宾主欣赏。

跳柘枝舞时，歌伎会身着华服，头戴胡帽，足穿锦靴。帽上有金铃，腰系银腰带。舞姿变化之丰富令人惊讶。时而刚健明快，时而婀娜俏丽。且跳柘枝舞时，歌伎双目富于表情，十分注重与观者之间眉目传情与互动。观感极为美妙。

清康熙十九年，除夕夜，容若被热闹的景象所感染，心中所深隐对旧日时光的怀念便缓缓浮动。于是，他作下这阕《浣溪沙·庚申除夜》词以诉心意。这首词虽不是悼亡词，却依旧有一种清愁在其中。

开篇一语"冷处浓"，仍是惊艳。他是爱极了王次回的那一句"一片幽香冷处浓"，以至于再三直引或化用。而这一处的意思是说，在年夜除夕，人越是要冷静下来，收起闲心，便越是对旧日时光思念得深。之于他而言，更是如此。

因彼时爱妻尚在，却而今，是阴阳两重天，是相隔永不见，心中伤念至深。

当年，除夕夜是"舞裙犹忆柘枝红，谁家刻烛待春风"。有人在刻烛计时，欢闹守岁。亦有婀娜美妙的艳丽歌伎，令他印象极深。而今又是除夕夜，他一时忍不住便将旧时场面——记起。

到下阕，词意渐次明朗。他写："竹叶樽空翻彩燕，九枝灯炧颤金虫。"彩燕是节日头饰，立春之后佩戴。金虫则是指火光渐灭隐隐烁烁的灯芯。除夕欢夜，兴致高处，豪饮至"樽空"的人们便会手舞足蹈。而那头饰摇动，恰如彩燕翻涌。火光渐灭的灯芯也如颤动的金虫，随风摇曳。这一帧一帧画面，都是美到了极处。

但容若且说，"风流端合倚天公"。似是宿命论者，认为一切欢愉都理应是天公赠得，是命中注定水到渠成的。该快乐时必会快乐，若是不得，亦不能强求。譬如这除夕夜，他说，便是天公之恩赐。是要忘却旧年不平事，笑迎来年欢喜的日子。

最是珍贵。

相看好处却无言

短亭秋（浣溪沙）

无恙年年汴水流。一声《水调》短亭秋，
旧时明月照扬州。

惆怅绛河何处去？绿杨清瘦缩离愁。
至今鼓吹竹西楼。

——纳兰容若《浣溪沙·红桥怀古
和王阮亭韵》

关于扬州红桥，清代词人吴绮在《扬州鼓吹词序》当中
记道："红桥在城西北二里。崇祯间形家设以锁水口者，朱
栏数丈，远通两岸。而荷香柳色，雕楹曲槛，鳞次环绕，绵
亘十余里。春夏之交，繁弦急管，金勒画船，掩映出没于其
间，诚一郡之丽观也。"

王阮亭亦在其所撰《红桥游记》中写：

出镇淮门，循小秦淮折而北，陂岸起伏多态，竹木蓊郁，清流映带。人家多因水为园，亭榭溪塘，幽窈而明瑟，颇尽四时之美。拿小舟，循河西北行，林木尽处，有桥，宛然如垂虹下饮于涧，又如丽人靓妆衺服，流照明镜中，所谓红桥也。

游人登平山堂，率至法海寺，舍舟而陆，径必出红桥下。桥四面皆人家荷塘，六七月间，菡萏作花，香闻数里，青帘白舫，络绎如织，良谓胜游矣。予数往来北郭，必过红桥，顾而乐之。登桥四望，忽复悲回感叹。当哀乐之交乘于中，往往不能自喻其故。王谢冶城之语，景晏牛山之悲，今之视昔，亦有然耶？壬寅季夏之望，与蓠庵、茶村、伯玑诸子偶然漾舟，酒阑兴极，援笔成小词二章，诸子倚而和之。蓠庵机成一章，予亦属和。

嗟乎！丝竹陶写，何必中年？山水清音，自成佳话。予与诸子聚散不恒，良会未易遘，而红桥之名，或反因诸子而得传于后世，增怀古凭吊者之悲回感叹，如予今日，未可知也。

王阮亭即清代诗人王士禛。阮亭是他的号。又号渔洋山人，因此亦有人称他王渔洋。王士祯本名王士禛，字子禛。崇祯年间生，康熙年间卒。死后避雍正（胤禛）讳，追改"士正"。到乾隆时，乾隆认为"正"与"禛"二字音、义皆相去甚远，恐流传生误致使后人不知士正谁人。于是，乾隆便诏改"士正"为"士祯"，补谥"文简"。

王士祯为官清正，作文清雅，是当时首屈一指的诗人。他一生勤于著书，作品有《带经堂集》、《渔洋诗集》等数十种，其诗论"神韵说"更是造诣精深，影响甚广。被后人尊为"一代诗宗"。

康熙元年，王士祯与袁于令诸名士曾共同出资修葺红桥，并作有《红桥倡和》诗与《浣溪沙》词三首。在《浣溪沙》组词前便题有"红桥同箬庵、茶村、伯玑、其年、秋崖赋"的词序。箬庵即是袁于令。三首词如下：

其一
北郭青溪一带流，红桥风物眼中秋，
绿杨城郭是扬州。

西望雷塘何处是？香魂零落使人愁，

淡烟芳草旧迷楼。

其二
白鸟朱荷引画桡，垂杨影里见红桥，
欲寻往事已魂消。

遥指平山山外路，断鸿无数水迢迢，
新愁分付广陵潮。

其三
绿树横塘第几家？曲栏干外卓金车，
渠侬独浣越溪纱。

浦口雨来虹断续，桥边人醉月横斜，
棹歌声里采菱花。

第一首便是容若和作之本。康熙二十三年十月，容若扈
驾巡行江南，抵达扬州之时，路经红桥，有感而作。

扬州，是曼妙地。杜牧几句诗流传千世。初见是在少
年学堂，而今时隔数年，但依旧清晰铭刻在心。"青山隐隐

水迢迢，秋尽江南草木凋。二十四桥明月夜，玉人何处教吹箫？”这当中凄惘，与容若这阕词里的“惆怅”、“离愁”亦是不谋而合。

送倾城（浣溪沙）

风髻抛残秋草生，高梧湿月冷无声，
当时七夕有深盟。

信得羽衣传钿合，悔教罗袜送倾城。
人间空唱《雨霖铃》。

——纳兰容若《浣溪沙》

这世间，唯有爱，可以跨越生死。

杨玉环之死，之于唐玄宗，是灵魂塌垮，心意永灭。一如卢氏之死之于纳兰容若，亦是山水枯竭，万劫不复。这样的两双人，本是爱至骨髓，理应生死相依，永不分离的，却违逆不过那朝夕万变之命运。

容若这阕《浣溪沙》词是至为深痛的一首悼亡词。容若借杨玉环与唐玄宗的千古情事来告慰亡妻，纪念曾经。要有多勇敢，才敢对她念念不忘。他不知。是午夜梦回时，他忽然思念她至心口剧痛，至不能卧，不能眠，不能不起身提笔，写下这些字。

首二句"风髻抛残秋草生，高梧湿月冷无声"，写得极是伤心。爱妻离世，犹如风髻抛残。而今，人已不在，只剩一座孤冢荒茔。窗外月光如洗，湿润凉冷。高大梧桐立在远方，树叶窸窣作响，是风吟，也似夜莺，却并不动听。树下，是秋草丛生。

他尚记得那年七夕，彼此月下盟誓，愿生死不离。却不想，乍眼便雨覆云翻。"当时七夕有深盟"一句在容若这阕词里起着承前启后之作用，由这一句追忆起当年杨玉环与唐玄宗之间那一曲千秋峥嵘的《长恨歌》。

唐小说家陈鸿在《长恨歌传》当中写道，天宝十年，唐玄宗与杨玉环在骊山避暑之时，恰逢七夕，杨玉环与唐玄宗二人因感牛郎织女情动天地，也密相约誓，要生死不离，世世为夫妻。但后来，天宝乱起，唐玄宗携杨玉环逃亡蜀地时，发生"马嵬驿兵变"，随行将士处死宰相杨国忠，并逼迫杨玉环自尽。

杨玉环死后，唐玄宗日不能思不能食，夜不能寝不能寐。因唐玄宗信道，于是曾派道人方外求仙，寻找爱妻薨后香魂所居的下落。在小说里，说道士果真访得杨玉环住居之地。说她："指碧衣取金钿合，各析其半，授使者（指道士）。曰：'为谢太上皇，谨献是物，寻旧好也。'"

　　彼时那刻，容若是信了它的。所以，他才写"信得羽衣传钿合，悔教罗袜送倾城"。许果真有仙人住在方外，可传亡妻信物，跨越阴阳阻隔。于是，他便怨恨自己，那年那月，将衣物与她一起送葬。而今，终落得，一腔幽情，无法共叙。

　　又说杨玉环死后，唐玄宗心思涣散，日夜未闲却半刻不去思念她。一天深夜，唐玄宗于栈道听闻雨中铃声，淅沥有致。于是，他突发思情，作下一曲《雨霖铃》以寄心中思念之哀凉。唐代郑处海撰著的《唐明皇杂录补遗》记："明皇既幸蜀，西南行初入斜谷，属霖雨涉旬，于栈道雨中闻铃，音与山相应。上既悼念贵妃，采其声为雨霖铃曲，以寄恨焉。"

　　容若写"人间空唱《雨霖铃》"，也是一语双关。是祭奠亡妻，慨叹而今的自己，独自向月，空惆怅。而今才道，当时寻常。彼时的容若心中念及亡妻，定是深痛至极的。

是，明日，他该去妻的坟上看看了。

去未还（浣溪沙）

肠断斑骓去未还，绣屏深锁凤箫寒，
一春幽梦有无间。

逗雨疏花浓淡改，关心芳草浅深难。
不成风月转摧残？

——纳兰容若《浣溪沙》

一生风月供惆怅，
到处烟花恨别离。

　　人生这件事始终充满奇遇。茫然无措之获得，抑或是，
不可预知之分离。所有的事，无论得失，还是聚散，一旦
与爱建立了关联，便总要多出一种哀愁，一种怅然，一种憔
悴，一种无可奈何。

容若是敏锐易感的男子，总是看穿人情之细微。纳兰词里亦是爱情词居多，一如这当中写离愁别恨那么多。也是因为自己有出塞边关之历练，于是，写这阕征夫在外，女子独守空闺内心寥落哀伤之词，便要多出一份常人不及的感同身受。

这当中的辛苦不足为外人道。却在这首词里被抽丝剥茧，展现得淋漓尽致。他善写女子，此词写女子思君，其实也是写出塞在外时自己对家中爱妻的挂念。情词恳切，亦很伤感。

张秉成在《纳兰性德词新释辑评》当中评说此词道："这首词是以闺中女子的口吻写离愁别恨的，丈夫远行在外，闺中寂寂无聊，索寞伤怀。相思的苦情搅扰得她如梦如幻。春色纵然美好，但也无聊无绪。反倒使她伤心无奈了。词凄婉缠绵，语虽淡而情浓。"

"肠断斑骓去未还，绣屏深锁凤箫寒"句中的"斑骓"意为"离群之马"。此处容若借指离家出征的男子，一如彼时出塞在外的容若。凤箫即是排箫。《风俗通·音声篇》："箫，谨案《尚书》，舜作。'《箫韶》九成，凤凰来仪'，其形参差，像凤之翼。"于是，后人也称排箫为凤箫。

这两句词是说，丈夫远行在外，犹似离群之马，迟迟未归，令她相思断肠。自他一去，闺房异常冷凉。绣屏紧锁，凤箫闲置。她守着空闺，神情涣散，独与青灯做伴，寂寞，又寥落。

屋外是春花摇曳，春雨绵绵。"逗雨疏花浓淡改，关心芳草浅深难。"春雨落在稀疏的花上，氤氲出迷蒙的雨光。于是，那花朵颜色也似变了浓淡。朦朦胧胧里别有一番韵致。以及，那碧色芳草，也是成片成片地，泛出烟霭，浅深难辨。

这一番场景，写的既是花与草，也是她心中孤岛。是，而今她犹似住在荒海孤岛之上，举目可见天苍。碧海一片茫茫，没有边，没有岸，没有尽头。她孤寂到仿佛都已忘了曾经与他枕边耳语的风月光阴。这命运，真真是"不成风月转摧残"。

摧残了光阴。
摧残了风月。
摧残了记忆。
摧残了她心。

写洛神（浣溪沙）

旋拂轻容写洛神，须知浅笑是深颦。
十分天与可怜春。

掩抑薄寒施软障，抱持纤影藉芳茵。
未能无意下香尘。

——纳兰容若《浣溪沙》

纳兰词多哀艳，读到后来，心中便总会在不经意间凝结一种淡恨，一种清愁。如这阕《浣溪沙》词般的开怀之作并不多见。于是，此刻读这阕词，便觉心意豁然明亮。似见到一束温柔日光，辐照于身，温暖内心。

这阕词，大约是容若爱妻卢氏在世之时，容若写给卢氏的。所以，怎样读，都觉词中有一丝缱绻的温柔在，是那样远近相宜的爱。

这日，他于窗前为她作画。屋外是晴光朗朗，轻轻透过窗纱，铺在他的身上，铺在案前，铺在纸间，铺在笔端。面前女子如花，让他似醉似醒。眼中尽是春光，心里尽是浪漫。她也是痴痴将他凝望。是这样一种两心相对又相映的美好。

词写"旋拂轻容写洛神"，情致甚深。似见容若心中无限欢喜地时而抬头定定看她，时而低眉拂拭绢纸，嘴角都流连笑意地落下一笔一画。说是画洛神，自是在赞美她。洛神之美，世人倾之。而当下，他眼中的她，一如洛神，是美得倾了他的城、他的国。

洛神，传说中的洛水女神，名宓妃。北魏郦道元在《水经注·洛水》记道："昔王子晋好吹凤笙，招延道士，与浮丘同游伊洛之浦，含始又受玉鸡之瑞于此水，亦洛神宓妃之所在也。"

曹植亦在《洛神赋》中如此描绘她："翩若惊鸿，婉若游龙。荣曜秋菊，华茂春松。髣髴兮若轻云之蔽月，飘飖兮若流风之回雪。远而望之，皎若太阳升朝霞；迫而察之，灼若芙蕖出渌波。"当真是美到极处的女子。

容若又写"须知浅笑是深颦。十分天与可怜春"。一句"须知浅笑是深颦"道破容若心中对女子之爱之喜。连女子不悦时皱眉的模样，落在他眼中，也似微笑。真真应了那句"情人眼里出西施"。所有细微的嗔怒怨，在他处，都成了欢喜笑，是娇是美是倾城。

下阕"掩抑薄寒施软障，抱持纤影藉芳茵"二句写得更是用心良苦。而今，她被他绘于画中。于是，他转眼再去看自己所作的这幅美人画，也不禁要为伊动容。甚至，他会生怕这画中人也因天寒衣薄而受了冻。

所以，他便又纸笔蘸墨。为她"施软障"，加了屏障一道，替她御寒。为她"藉芳茵"，添了一枚褥垫，给她温暖。

容若这几笔写得甚是情深，却又清新飒爽，自由洒脱，是一气呵成的爱赞，不是呕心沥血小心翼翼的欢喜。末句"未能无意下香尘"将词意收束，写女子许是仙女，是不经意间落到这深浊的凡尘里。彼时，容若的一颗心，是毫无顾忌，要融化在对女子的深爱里。

哪怕，日后她要远离，去往另外的世界，光阴也不能磨灭，这一年这一月的这一日午后，他为她欢喜作画的海誓山盟。

两分心（浣溪沙）

十二红帘窣地深，才移划袜又沉吟，
晚晴天气惜轻阴。

珠衱佩囊三合字，宝钗拢鬓两分心。
定缘何事湿兰襟？
——纳兰容若《浣溪沙》

何处飞来十二红，万年枝上立东风。
楚王宫殿皆零落，说尽春愁暮雨中。

明代诗人杨基所作这首题为《十二红图》的诗，写
得极为明确。"何处飞来十二红，万年枝上立东风。"顾
名思义，十二红指的是一种鸟。但亦有一种金鱼，名为
"十二红"。

金鱼"十二红"是极为珍贵的品种。通体银白，身上有十二处红色，四条尾鳍上各一，下鳍上各一。背鳍、头顶有红，却长有一双金红鱼目。形容极美，数量亦极少。因这类鱼本身的基因极不稳定，所以即便是纯种十二红所繁殖出的后代也未必会继承十二红的身体表征。

容若这阕词里开篇所写"十二红帘"，是指绣有十二红的红色帘幕。至于所绣之物是鸟，还是金鱼，难能定论。

词写的是闺怨。女子如花，到了盛放的年岁，理应需要一个有力的男子来护佑，需要一双有担当的肩膀来佐助。少女到了及笄年纪，会变得忧心忡忡。敏感，多虑，不安定。这种不安定的情状，便是因为爱之缺失造成的。

容若开篇写"十二红帘窣地深，才移划袜又沉吟"二句。绣有十二红的帘幕低低垂落在地，仅是这一句，便已然忧伤外露。"才移划袜又沉吟"一句亦是有哀愁。虽是清淡，却是极美的。她时而在闺中裸足徘徊，时而面色凝重，沉思低吟。真真是，我见犹怜。

当中"刬袜"一词，是说女子穿袜着地。词帝李煜的一阕《菩萨蛮》词当中有"刬袜步香阶，手提金缕鞋"之句，亦是写"少女刬袜"的美妙情状。女子穿袜着地是极美的一帧画面。

上阕最后一句"晚晴天气惜轻阴"把女子待字闺中时易感之况写得淋漓生动。尤其是"惜轻阴"三个字，将少女细腻敏感、处处生怜的情状写得最是到位。至词的下阕，容若将笔宕开，从闺中物事转至少女佩饰。

"三合字"，是说旧时人们常在两个香囊上绣上三个"半字"，一对香囊相合，方才可见完成字样。情侣二人各佩其一，以示同心相爱。"珠袚佩囊"是指缀有珠玉的裙带上佩戴着香囊。正是少女所戴之香囊，三字未能合。而少女头上所戴之宝钗将发髻拢起，看过去，又恰似将心字一分为二。

"珠袚佩囊三合字，宝钗拢髻两分心"两句充满寓意。当中所要表达的，少女对爱情之渴慕跃然纸间。只是，这世间的缘，早已注定。有前生，亦有来世。前生在佛前许下的愿，今生终究会圆满。不是不能遇到，只是时机未到。

必有一个人，候在未知的远方。

待你途经，一起盛放。

倍怜卿（浣溪沙）

容易浓香近画屏，繁枝影着半窗横，
风波狭路倍怜卿。

未接语言犹怅望，才通商略已惺憽，
只嫌今夜月偏明。

——纳兰容若《浣溪沙》

那年那月，你我初见。

后来再见，已隔经年。

　　理应是写给少年时的初恋女子的。世人皆知，那些最好
的时光，容若曾与她有过一段开花却未结果的恋事。纯真，
浪漫，生生不忘。许是因了那不得，那失落，于是，当容若
回忆旧人旧事之时，更添一份清淡哀愁。

这一年，他也不曾料想，会与她久别重逢。

那一头，女子在闺中。屋里是熏香浓郁。她穿香而过，越过画屏，来到窗边。"容易浓香近画屏，繁枝影着半窗横。"窗外是树影婆娑，枝叶密匝，甚是繁茂。她轻轻将小窗推开，一道日光落进来，碎在她的眸子里。她犹似惊梦，迟迟不能信，竟再次看见他。

是，他是闻讯而来，知道她回来了。这样的一场相逢，是谁也未曾预料的。他手执一壶醇酒，一边豪饮，一边歌唱。穿过府中幽深小径，踉跄而来。他的一切，她都懂得。她知道，他心中定然是剧痛的，是不可遏制的，时时要将他吞噬的。

而后容若一句"风波狭路倍怜卿"写得极是令人心痛。这一句词是容若化用王次回《代所思别后》诗当中"风波狭路惊团扇"句而来。此处言风波，意含人世忧患。

虽已是近在咫尺的距离，不过十步远的窄仄小径，他却走得十分漫长。历历往事在心中，得失不过瞬间，一步一光年，仿佛在悲伤往事当中穿越而过。越是靠近，心中越是荒凉。因那结局早已落定尘埃，没有退路，不能更改。

词至下阕，情意方才稍显平缓。"未接语言犹怅望"也是化用王次回的诗句。王次回在题为《和端己韵》的诗中有"未接语言当面笑，暂同行坐夙生缘"的句子。

是尚未开口，心中便是情意成波澜。彼此就那样，隔着花，隔着树，隔着影。他站在距离她的窗几步之遥的地方，看着她。一别经年的她，目中情深皆怅惘。其实，他心中早已无怨。而今，不过是真真再见着她时，不禁失了语言。

再下一句"才通商略已懵腾"依旧化用王次回的诗。王次回的《赋得别梦依依到谢家》诗里有"今日眼波微动处，半通商略半矜持"之句。他说，终于落定心意，与她开口说话，却猛然发现自己已醉意醺醺，仿佛跌进一个不得救赎的永恒梦境。

容若的这一整阕词皆笼罩一种愁情，唯独最后一句"只嫌今夜月偏明"得了明光，有了温情。至此，一场无形干戈化玉帛。而这一切的艰辛与翻江倒海，都是他独自完成于内心，不与她知。

真正爱一个人，便是隐忍悲苦，予她喜乐。

却无言（浣溪沙）

十八年来堕世间，吹花嚼蕊弄冰弦，
多情情寄阿谁边？

紫玉钗斜灯影背，红绵粉冷枕函偏。
相看好处却无言。

——纳兰容若《浣溪沙》

那一年，是清康熙十三年。
那一年，他二十岁，她十八岁。

最好的时光里，他们遇到了最好的彼此。是几生几世修
来的缘，而今方才能够喜结连理，成为结发夫妻。

纳兰容若的爱情词大多感伤，又凄凉，甚少有词作是满
心欢喜，悦然道来的。但这一首词却是容若的爱情词里甚是

耀眼的一首。因它似染了日光，充满两情相悦的喜乐，极具温度。

词的首句"十八年来堕世间"，是直引李商隐的诗句。李商隐的《曼倩辞》当中有"十八年来堕世间，瑶池归梦碧桃闲"之句。十八年，恰是卢氏嫁与容若的年岁。且"十八年"一语亦有典故。《仙吏传·东方朔传》记：

"朔未死时，谓同舍郎曰：'天下人无能知朔，知朔者唯太王公耳。'朔卒后，武帝得此语，即召太王公问之曰：'尔知东方朔乎？'公对曰：'不知。''公何所能？'曰：'颇善星历。'帝问：'诸星皆具在否？'曰：'诸星具，独不见岁星十八年，今复见耳。'帝仰天叹曰：'东方朔生在朕旁十八年，而不知是岁星哉。'惨然不乐。"

东方朔在汉武帝身旁十八年，汉武帝却不知东方朔乃是岁星仙人所化。容若此处写"十八年来堕世间"是要借东方朔之典来赞叹爱妻是惊为天人的绝世女子。

又有"吹花嚼蕊"一词，引自李商隐的《柳枝诗序》。序曰："柳枝，洛中里娘也……生十七年，涂妆绾髻未尝竟。已复起去，吹花嚼蕊，调丝撆管，作天海风涛之曲，幽忆怨断之音。"此处是通文墨、善歌舞之意，比喻女子极有才华。"冰弦"本义指乐器"筝"，亦可延伸形容女子才情高妙。

十八年的好辰光，她欢悦而度，时而舞文，时而欢歌，时而舞蹈，是至为优雅的好女子。正是这惊世的女子，将满心满意的爱，承递给了容若。也因此，他更是喜从心来，故作疑问，"多情情寄阿谁边"，分明有一种少年似炫耀的意味在。饶是有趣。

这首词的上阕，容若赞爱妻才情。下阕容若着重写爱妻妆扮、仪态，赞爱妻形容气韵。也是极尽妙语来描绘。

他写"紫玉钗斜灯影背，红绵粉冷枕函偏"。玉钗松斜，她倚枕而卧。这两句把爱妻美人慵懒的可人情态刻画得很生动。似见十八岁初嫁纳兰府上的小女子支着身子侧卧床上，轻慢慢地将容若唤至床边，软绵绵要他来拥。

末句"相看好处却无言"最是惊艳。这分明是要写进情书里的话。一如汤显祖在《牡丹亭·惊梦》里写的一般："是那处曾相见，相看俨然，早难道这好处相逢无一言。"是情到深处，默契无言。一个眼神，便情定乾坤。

太从容（浣溪沙）

藕荡桥边理钓筒，苎萝西去五湖东，
笔床茶灶太从容。

况有短墙银杏雨，更兼高阁玉兰风。
画眉闲了画芙蓉。

——纳兰容若《浣溪沙·寄严荪友》

严荪友，即是严绳孙，字荪友，一字冬荪，号秋水，
自称勾吴严四，复号藕荡渔人。康熙年间曾以布衣举鸿
博授检讨，为四布衣之一。亦是当时知名的书画家，善
隶、楷书。曝书亭匾便是严绳孙所书。所绘山水画深得
董其昌恬静闲逸之趣。尤善画凤。卒年八十。有《秋水
集》留世。

严荪友本是江苏无锡人，后长居京城。当中他曾有两次

南归故里。虽年长容若三十二岁，但与容若彼此赏识，成为至交，感情极是深厚。

容若这阕词便是作于清康熙十六年（1677）的夏天，严荪友第一次离京之时。容若最大的好便是真。待人待事，总是用尽心力，让人事周全。这样的男子，对待友人知己，必是情深义重的。

于是，严荪友离京之后，容若心中便有思念。这阕《浣溪沙·寄严荪友》便是在这样思怀至交的心境之下写出的。全词内容皆是虚写，是以严荪友之视角来写，虽一字不着怀念，却又分明让人察觉出字里行间有一种莫可名状的深刻情意在。

开篇"藕荡桥边理钓筒，苎萝西去五湖东"两句是写容若想象之中严荪友的生活景况。或桥边垂钓，或泛舟五湖，过一种隐逸高致、自在陶然的生活。如斯景象，大约亦是容若之向往。他也期冀有一日，自己亦能撇下红尘琐事，点一盏莲灯，悠悠然走去江南。抛一根钓竿，然后立在岸旁，化入烟雨风光。

藕荡桥，是严荪友家乡无锡西洋溪宅第附近的一座桥。顾贞观《离亭燕·藕荡莲》自注云："地近杨湖，暑月香甚，其旁为埽荡营，盖元明间水战处也。苏友往来湖上，因号藕荡渔人。"因严苏友常泛舟湖上，于是便自号藕荡渔人。

又或是，严苏友会在家中烹一壶清茶，煮一壶淡酒。读书，写字，作画。所谓"笔床茶灶太从容"描绘的大约就是这样一番自乐又从容的景象。与《新唐书·隐逸传·陆龟蒙》当中所撰"不乘马，升舟设篷席，斋束书、茶灶、笔床、钓具往来"之隐士生活别无二致。

上阕写苏友故里生活之清淡闲逸，下阕写苏友居室之幽雅谧丽。两相呼应，苏友之隐逸高致的形象便跃然纸上。"况有短墙银杏雨，更兼高阁玉兰风。"是如此风雅的居所。短墙银杏，高阁玉兰，生生成就了一名植物一样的男子，风流动人。

词的末句"画眉闲了画芙蓉"最是曼妙。说苏友总是给爱妻画完眉黛，才去案前铺纸，开始写字作画。画那屋外青碧的荷池里超凡脱俗之芙蓉花。虽这词中事事皆是容若的意念，但若现实果真如此，那这世事之好，真真是让严苏友——得到了。

碧云天（浣溪沙）

欲寄愁心朔雁边，西风浊酒惨离筵，
黄花时节碧云天。

古戍烽烟迷斥堠，夕阳村落解鞍鞯。
不知征战几人还？

——纳兰容若《浣溪沙》

　　这首《浣溪沙》词最见纳兰词之凉之荒。

　　那些年，他常出塞在外，与荒野为伍，和空空大漠做伴，面对战争、死亡，面对辗转不休的颠沛和流离。如是多年，纳兰容若也日渐在这萧瑟时光里变成一个心有天地江海的铮铮男子汉。

　　只是，即便是如此，他与生俱来的忧郁气质，始终不改。他依然会在独自聆听风吟之时生发感慨。一颗心也因之变得寂静，伤感。作这阕词时，已是出塞结束离宴畅饮之时。

是战争结束之后要各自归家，自此一别，便散落天涯，并肩杀敌的险遇与潇洒，自此将变成往事，悬挂在记忆当中，成为过去，成为当年。而这当中，是一种男人与男人之间，战士与战士之间，不能言的深情和伤感。

容若写"欲寄愁心朔雁边，西风浊酒惨离筵"。天上是群飞而过的北方大雁。他不时抬头安静凝望，平静面容之下，是心中一腔不可言说的愁。他亦是离家甚久，日日期望可以归去，却不料，这日到来，身赴离筵，饮那离散酒时，西风猎猎吹过，灌进衣袍，竟觉难过。

是，他心中不舍。"黄花时节碧云天"，容若是化用王实甫《西厢记》第四本第三折里"碧云天，黄花地，西风紧，北雁南飞"几句，亦得精髓，将那一种离愁写得极是婉约，又极是深刻。

词的下阕容若将笔宕开，写当年边关征战的景况。那样凌厉地活在生死边缘，却依然始终不知畏不知惧。而那刀光剑影的当下，视死如归的勇气，许只是来自同仇敌忾并肩奋战的战友，来自血染沙场时彼此遥遥相视的一个深邃眼神。

他依旧记得极险的戎马生涯。"古戍烽烟迷斥堠，夕阳村落解鞍鞯"。杀气腾腾的边关，狼烟弥漫的哨所，生死不定的战时日子，令人惊战。一日下来，可见之物便是疲累的战马，可见之人只有黄沙遮面浴血的他和他。

旧世不太平，且不论改朝换代之时，即便是盛世，依旧时时有被征调边关以御外敌之险。也是因为这注定的无常，旧时男子相比而今，便天生多出一份担当。

末句"不知征战几人还"最是悲悯。这一句是化用王翰那首著名的边塞诗《凉州词》当中的"古来征战几人回"。语词有变，情意亦改。由古至今，征赴战场之人，终了之时，能有几个平安归来。王翰以之为壮烈，容若以之为哀伤。

这即是容若性情当中与旁人殊异之处所在。他以庸和之心，渴慕度日安稳，恋一切平定静谧，惧诸般战异乱叛。众生所追求的，亦不过是，秋风吹过，心无惘然。

佛前灯（浣溪沙）

败叶填溪水已冰，夕阳犹照短长亭，
何年废寺失题名。

驻马客临碑上字，斗鸡人拨佛前灯。
劳劳尘世几时醒？

——纳兰容若《浣溪沙》

旅途总是充满寓意。所遇的人、物、事、情，皆有一种
不可言说的意义。一朵残花，一面断壁，一帧旧画，或者一
座废弃寺庙，都会有意无意地被刻进记忆当中。也许会尘封
一世，至死亦不会想起。又或是，当下触目的刹那，便令你
惊动。

于容若而言，这阕《浣溪沙》词便是他旅途之中遇见
古庙废寺有感而作。全词寓意哀婉深沉，虽是容若一贯的词

风，但多出了一份沧桑和荒凉。

那年萧瑟之秋，容若随同康熙皇帝出巡，然后在路途之中，他遇见了它，一座破败陈旧的废寺。丛生的野草当中遍布破碎砖瓦，历经风霜雨雪的模样，苍老，又凄凉。容若见此场景，不免会自想，当年，它是否门庭若市，香客满堂。如此一想，他便心下恻然，生发慨叹。

这是"败叶填溪水已冰"的季节。枯叶飘零，覆满冰凉的潺潺清溪。他在"夕阳犹照"的时间里，踏过荒草、尘埃，来到这座寺庙前。身旁是长亭依旧，而离人早已不在。一如面前这座荒寺，亦是香火泯灭，寂无人烟。

悲欢离合总无情。"何年废寺失题名。"遍见断壁和残垣，连横匾之上所题寺名业已消失难辨。如斯场景，令他惊动。于是，容若便想，而今，来往于寺庙里的人，大约不会再有虔心拜佛的人了。"驻马客临碑上字，斗鸡人拨佛前灯"写得最是明白不过。

当中"斗鸡人"一语值得一提。斗鸡本为一种游戏，战国时即已存在。《战国策·齐策》："临淄甚富而

实，其民无不吹竽鼓瑟，击筑弹琴，斗鸡走犬，六博蹋
踘者。"

相传唐玄宗好斗鸡，于是在民间设立斗鸡坊。一日，玄
宗遇到七岁小童，名曰贾昌。贾昌天资奇异，通晓鸟语，可
训练鸡雀。于是，玄宗便任命他为"五百小儿长"。后赐金
帛，其父离世之后，又赐葬器，对贾昌极为恩宠。

直到安史之乱爆发，唐玄宗离京之后，贾昌忽然销声匿
迹，下落不明。但后来，有人常在寺庙旁见到疑似贾昌的
斗鸡之人。容若此处用"斗鸡人"一语，一如上句当中的
"驻马客"。都只是想说，而今到寺中之人已非昔日的善
男信女，而是短暂停留或是纨绔游闲的过客。

黄天骥在《纳兰容若和他的词》一书当中评说此词道：

"词的情调比较消沉。在凄凉的荒郊，天气阴冷，夕阳
斜照。诗人面对荒废了的寺院，不禁黯然神伤，其中'斗鸡
人拨佛前灯'一句很值得注意，生长在富贵之家的人，拨弄
着佛像前那朵幽冷的灯火，情调很不协调。而作者正是要通
过这不协调的意境，表达自己特定的心境。"

劳劳尘世几时醒？他知道，岁月淡凉，转眼成沧桑。日月更替，一切都会过去。纵是浊世难巡，但他可做的依旧只是闭眼盲行。因为，这便是岁月，这便是生。

一声弹指浑无语

西风瘦（霜天晓角）

重来对酒，折尽风前柳。
若问看花情绪，似当日，怎能够？

休为西风瘦，痛饮频搔首。
自古青蝇白璧，天已早安排就。
　　　　——纳兰容若《霜天晓角》

　　自古便有不平事。纳兰容若这首《霜天晓角》写得浓愁重恨，极是深沉。语词再深婉，亦难掩他心中愤愤不平之音。

　　这阕词，极有可能是容若写给好友吴兆骞的。吴兆骞是清初诗人，字汉槎，号季子，吴江松陵镇（今属江苏苏州）人。是极具天才感的文人，少年时便已才名远播。当时与华亭的彭师度、宜兴的陈维崧被人赞誉为"江左三凤凰"。

但吴兆骞命途波折。顺治十四年（1657），因南闱科场案，吴兆骞遭奸人陷害，无辜受连，被遣戍宁古塔长达二十三年。后经友人顾贞观恳求于纳兰容若，得到容若父亲纳兰明珠出手相救，方得以赎还。只可惜，归后三年便猝然离世。

《清世祖实录》记："（顺治十四年）十一月，南闱科场案起。……（顺治十五年）十一月二十八日，南闱科场案定案，兆骞与方章钺等八人遭除名，责四十板，家产籍没，并父母兄弟妻子流徙宁古塔（今黑龙江宁安）。"

吴兆骞有《秋笳集》存世。被遣在外的那些年，虽是艰辛，但亦是吴兆骞的创作丰收时期。流放在外二十三年间，他写出了无数极是慷慨极是悲凉的动人边塞诗作，成为当时极为重要的"边塞诗人"。譬如这首《出关》。

边楼回首削嶙峋，革策喧喧驿骑尘。
敢望馀生还故国，独怜多难累衰亲。
云阴不散黄龙雪，柳色初开紫塞春。
姜女石前频驻马，傍关犹是汉家人。

诗意哀感沉痛。"敢望馀生还故国，独怜多难累衰亲"一句更是令人泫然。遭难累及家人是吴兆骞心中最大的疾痛，却在这深浊的世道，全然无法，只能迎，无力拒。尝尽了人生伤离，惨淡和炎凉。

容若写作这阕《霜天晓角》大约于吴兆骞获救与容若相见之后再分别时。他犹记得，彼时顾贞观将吴兆骞之屈之冤细细诉于自己之时心中的惊动。是这样一个绝才的男子，竟被光阴辜负了二十三年，生生将他打进地狱，让他受苦。

彼时，当容若听闻顾贞观一席话之后心中恻然难平，于是，他便去恳求父亲相助，要将这素未相识却已成知音的人营救出苦海。而今，当吴兆骞被救归来与自己月下浊酒细话往事时，容若似方确信，一切波涛都过去。

容若写"重来对酒，折尽风前柳"两句词，写的不单是对酒，更是浪卷过后，海静风平。只是，相别时分，人总易感。"若问看花情绪，似当日，怎能够"三句则将容若心中对友人的不舍之意写得婉转深挚。

到词的下阕，容若回溯往事，不禁又发出对人生对世情之慨叹。"自古青蝇白璧，天已早安排就"一句是词意根本所在。所遇之舛亦皆是命中注定。自古便世有不公不正不平之屈，但既已活在世上，一切艰险都不成为生之阻碍。

仍要一心往前，不为西风瘦，不为落花愁。"休为西风瘦，痛饮频搔首。"要活下去，且好好活。只是今次，他与他，一壶酒尽，便是相别。

一剪风（菩萨蛮）

雾窗寒对遥天暮，暮天遥对寒窗雾。

花落正啼鸦，鸦啼正落花。

袖罗垂影瘦，瘦影垂罗袖。

风剪一丝红，红丝一剪风。

——纳兰容若《菩萨蛮·回文》

回文，也写作"回纹"或者"回环"。它是汉语特有的一种使用词序回环往复的修辞方法，文体上称之为"回文体"。所谓"回文词"，就是按一定法则将字词排列成文，回环往复都能诵读的词。这种词的形式多变，读法各异。

回文修辞手法的起源，后世说法不一。一说是源于南朝梁刘勰。其《文心雕龙·明诗》中云："回文所兴，则道原为始。联句共韵，则柏梁馀制。"但道原之作已逸。另一说是自前秦窦滔妻苏蕙的《璇玑图》诗开始。起源仍有争议，难能定论。

回文词的创作是十分有难度的，因为词多是长短句，不整齐，规律也不定。回文诗大约始于宋朝，看起来像是文字游戏，但正是这种奇妙的结构散发出了汉语独有的一种魅力。

在众多词牌里，"菩萨蛮"的回文是一句一回，也就是同句反复，相对其他词牌填起来会容易些。所以"菩萨蛮"是回文词里数量比较多的一种词牌。而苏轼的《菩萨蛮》回文词七首更是当中翘楚。

柳庭风静人眠昼。昼眠人静风庭柳。
香汗薄衫凉。凉衫薄汗香。

手红冰碗藕。藕碗冰红手。
郎笑藕丝长。长丝藕笑郎。

这是苏轼《菩萨蛮》回文词七首里的第五首。题为《菩萨蛮·回文夏闺怨》，也是我个人以为最好的一首回文词。

不同的词牌有不同的回文作法，包括写法和读法上都极有讲究。甚至倒念时会因平仄韵脚的改变，致使词牌也发生变化，奇巧至极。比如，清代董以宁所作的《卜算子·雪江晴月》词，顺读时词牌为《卜算子》，倒读时，则成了《巫山一段云》。

顺读云：

明月淡飞琼，阴云薄中酒。
收尽盈盈舞絮飘，点点轻鸥咒。

晴浦晚风寒，青山玉骨瘦。
回看亭亭雪映窗，淡淡烟垂岫。

倒读曰：

岫垂烟淡淡，窗映雪亭亭。
看回瘦骨玉山青，寒风晚浦晴。

咒鸥轻点点，飘絮舞盈盈。
尽收酒中薄云阴，琼飞淡月明。

作回文词实在是一件妙趣横生的事情，既考验文字功力，又极是风雅。自然，除了词可回文，诗亦可以。宋人李禺那一对《两相思》诗最是情致动人。独自一人分饰两角，又寂寞，又美丽。

顺读时为思妻诗：

枯眼望遥山隔水，往来曾见几心知？
壶空怕酌一杯酒，笔下难成和韵诗。
途路阳人离别久，讯音无雁寄回迟。
孤灯夜守长寥寂，夫忆妻兮父忆儿。

倒念时是思夫诗：

儿忆父兮妻忆夫，寂寥长守夜灯孤。
迟回寄雁无音讯，久别离人阳路途。
诗韵和成难下笔，酒杯一酌怕空壶。
知心几见曾来往，水隔山遥望眼枯。

容若的这一阕《菩萨蛮》回文词，深得东坡回文词精髓，全无故作文字游戏因词害义之弊病。写得妙丽，婀娜，别有风致，清新流畅，运笔自如，品格清奇。"袖罗垂影瘦，瘦影垂罗袖。风剪一丝红，红丝一剪风。"将女子之孤伶写得清隽如风。

自双归（菩萨蛮）

隔花才歇廉纤雨，一声弹指浑无语。

梁燕自双归，长条脉脉垂。

小屏山色远，妆薄铅华浅。

独自立瑶阶，透寒金缕鞋。

——纳兰容若《菩萨蛮》

窗外是细雨初歇，隔花远望，别有一番韵致。在这样寂静的时辰里，她却心似深海，波澜四起。也是没有办法，自他离去之后，她便日日惊惶，日日不安。总觉，那人去后，身体里也被抽去了什么。爱是深海，她是浮萍。

彼时，她与他把臂同游，是外人眼中一对耀眼璧人。而今，他因事远离，久久不归。独居不是她所愿，却亦只能如此。道是"一声弹指浑无语"。弹指一算已是离别日久。

屋外春光漫漫，而今，却只能独自欣赏，生生将这好时光辜负。

忽见，梁下燕子低飞，双双归巢，看过去极是温馨。又有柳丝轻盈，风中摇曳，好不缥缈。而她，却是孤寂难言，沉默哀伤。

容若这阕词颇有温庭筠花间词韵。"梁燕自双归，长条脉脉垂"两句也是像极了温庭筠的"杨柳色依依，燕归君不归"。同是作于《菩萨蛮》词牌之下，写的亦是孤伶女子对心中男子的挂念。

满宫明月梨花白，故人万里关山隔。
金雁一双飞，泪痕沾绣衣。

小园芳草绿，家住越溪曲。
杨柳色依依，燕归君不归。

孤月高悬，梨花如雪，那人却在万里关山之外。每每见到金雁双飞，她心中便止不住哀伤，会忍不住落泪。是真真可惜了眼前芳草萋萋的碧色春光。再美的景致，彼时她亦是无心欣赏。但见依依杨柳，双双归燕，唯是思君不见君。

一如容若词中女子，身心寂寞，就连闺中屏风，落在眼中也是分外寥落。只见屏风之上，山色淡远，虽近在咫尺，亦似是与她隔绝了千山万水，万水千山。"小屏山色远，妆薄铅华浅。"这样的时候，她自是妆容浅淡，无心妆扮。

　　女子心伤之时便是如此慵懒，憔悴模样总是楚楚可怜。似是要化作水，消失在这暗淡的天地之间。再见她时，她已独立瑶阶，沉默不言，灵动的眸中尚有泪光。"独自立瑶阶，透寒金缕鞋。"且任那寒气侵袭，冰透她脚底金丝绣花的鞋。

　　又见这女子心头爱喜之物，金缕鞋。初见"金缕鞋"是在李煜那首《菩萨蛮》词当中。

　　花明月暗笼轻雾，今宵好向郎边去。
　　刬袜步香阶，手提金缕鞋。

　　画堂南畔见，一向偎人颤。
　　奴为出来难，教君恣意怜。

　　李煜这首《菩萨蛮》倒是与容若的词词意迥然，写男女幽会之时的欢悦情状。香阶还是那香阶，鞋亦是那鞋，但在容若的《菩萨蛮》里，彼时的香艳之物，是褪尽了欢情，只剩怨伤离意。词是以女子视角来写，抒彼之思意，亦是在写己之想情。妙极。

别伊时（菩萨蛮）

新寒中酒敲窗雨，残香细学秋情绪。
端的是怀人，青衫有泪痕。

相思不似醉，闷拥孤衾睡。
记得别伊时，桃花柳万丝。
——纳兰容若《菩萨蛮》

　　纳兰容若之情深，世人皆晓，是那样一个仿佛注定要在情里来往、爱中幻灭的男子，是爱必深爱的人。于是，这一回，他作下这首《菩萨蛮》以诉与她别后之相思。

　　深情如他，相思便成醉。正是寒秋节令，秋雨微凉。烛光摇曳，残香袅袅，伊人不在。他看着窗外满帘纤雨，心里不禁生出一些哀伤。倒不是刻意要去迎合旧时文人的悲秋情绪，只是他面前一壶清酒，饮着饮着，一颗心不禁便柔软了下来。

本也只是想借煮一壶清酒来暖身，却不想，这一喝，忍不住就喝至微醺，更至深醉。醉酒，本也不是大事，只是他这一醉，心里郁积已久的悲与伤便一齐迸发，将他覆没。他大概也没有料到自己会因心中思念，在这枯秋时节，泪落青衫。

青衫，本义是指古代学子或官位卑微者所穿的衣服，具有明确的性别指向。白居易的《琵琶行》当中有"座中泣下谁最多，江州司马青衫湿"之句。后来一再被文人翻用，多用"青衫有泪"来表现男子极痛的情状，在文人心中别具意义。

金庸的《天龙八部》当中亦有"青衫"诗句：

青衫磊落险峰行，玉璧月华明。
马疾香幽，崖高人远，微步觳纹生。
谁家子弟谁家院，无计悔多情。
虎啸龙吟，换巢鸾凤，剑气碧烟横。

但金庸这几笔写得硬朗威武却又潇洒妙丽。将"青衫"一词写得铁骨铮铮，有侠士之风。猛然觉得，"青衫"与"磊落"方才是最为相衬的两个词语。金庸也算将"青衫"一词用到了极致，要比包括容若在内的旧时文人，所赋予词语的意涵宽阔得多。

这是题外话。虽容若所作婉约词也是词意常逼仄，但他依旧不去刻意谋求词作深度，写的便是一种酣畅淋漓的爱与情。自然又流畅。这阕词容若写相思。上阕写的是自己醉酒落泪的相思之苦状，下阕则渐渐由现实转至回忆，以当日别离作结。小词翻转跳宕，屈曲有致，其相思之苦表现得至为深细。

酒尽夜深之后，他是愈相思愈清醒。"相思不似醉，闷拥孤衾睡。"他却除了独自拥衾独自卧之外，别无他事可做。深爱如斯。满目满心就只有那一个人。人不在，万事皆失了意义。

他依旧记得清晰。"记得别伊时，桃花柳万丝。"那年相别时，杨柳如烟，丝丝弄碧，人面桃花两相映。执子之手，与子分离。就此，时光便横亘在他与她之间，隔绝了千山万水，阻断了夏花冬雪。

不知，
在这秋意浓浓的深夜，
她是否也在千万里外，
如他思念她这般，挂记着他。

四月天（菩萨蛮）

淡花瘦玉轻妆束，粉融轻汗红绵扑。
妆罢只思眠，江南四月天。

绿阴帘半揭，此景清幽绝。
行度竹林风，单衫杏子红。
　　　　　　——纳兰容若《菩萨蛮》

　　少女与初夏，这五个字，落笔便觉有清风拂过，幽凉美妙。一如容若这阕词，吟在口中，犹似凉风夏日，会让心情变得极好。

　　容若这首词写的是少女初夏之闲情。极是清幽，极是美妙。"淡花瘦玉"四字开篇，极是清新，且有书卷气。这样的少女，定然是多静默自处，且可怡然心悦的人。略略扑些粉，再稍稍佩些饰品，既不掩天生丽质，又可锦上添花。知道拿捏分寸，将自己描画到最好。

转眼便又到江南四月天，是将热未热的初夏。

这阕词，容若写得早，大约是作于少年时。词中少女，真是美好。容若到底也曾是心意单纯的少年人。他既已将她用心来写，势必心中有所恋慕。会恋慕邻家那个似玉的温柔小女子。恋她贞静，恋她淑惠，恋她知书，恋她达理，恋她也作得一手好诗文。

这令我想起唐诗人杜牧的那首《赠别》。

> 娉娉袅袅十三余，豆蔻梢头二月初。
> 春风十里扬州路，卷上珠帘总不如。

容若笔下的少女清敛冷寂，气如林风，是淡静女子。而杜牧诗中的少女恰如二月含苞的豆蔻花，是蓬勃怒放的女子，较之容若词中的少女，多了一分朝气和热烈。一如杜牧所写，"春风十里扬州路，卷上珠帘总不如"。扬州城十里长街，没有人能美得过她。

古典诗词当中的女性形象十分丰富。而少女，更是文人极爱摹写的意象。或贞静轻灵，或活泼热烈。从《诗经》、《楚辞》到乐府民歌，再到唐诗宋词，以至明清小说，总是有极美丽极动人的少女形象。

如，《诗经·卫风·硕人》写少女庄姜："手如柔荑，肤如凝脂，领如蝤蛴，齿如瓠犀，螓首蛾眉。巧笑倩兮，美目盼兮。"诗仙李白亦有《越女词》写妙龄采莲女："耶溪采莲女，见客棹歌回，笑入荷花去，佯羞不出来。"

最为人称道的，则是一代词宗李清照的那一首《点绛唇》：

蹴罢秋千，起来慵整纤纤手。
露浓花瘦，薄汗轻衣透。

见有人来，袜刬金钗溜，和羞走。
倚门回首，却把青梅嗅。

李清照这阕词似一幅自画像，写的便是自己少女时期渴慕爱情的情态。与杜牧《赠别》诗里的少女，有几分相似。杜牧的《赠别》诗是写与扬州城里的一名歌伎的。虽落笔隐忍，但也不难读出当中所蕴涵的缱绻情意。好比，容若此处一笔"此景清幽绝"，也是写尽了心中恋慕。

他这笔"清幽之景"绝不单单是指"绿阴帘半揭"，更是叹念那气如林下之风身着单衫的小女子。"单衫杏子红"一语出自乐府民歌《西洲曲》："忆梅下西洲，折梅寄江北。单衫杏子红，双鬓鸦雏色。"他是这样恋慕她，一如他恋慕这温柔的初夏时光。

彼时，是人间四月天。
初见情钟，杏花正红。

当时月（菩萨蛮）

梦回酒醒三通鼓，断肠啼鴂花飞处。

新恨隔红窗，罗衫泪几行。

相思何处说，空对当时月。

月也异当时，团栾照鬓丝。

——纳兰容若《菩萨蛮》

也曾在月夜独自静坐，想起一些人，一些事。

午夜寂静时分，总会毫无预兆地被夜梦惊醒。只因梦中人的一个侧身，一道淡影，一句似近犹远的告别。于是，便辗转反侧，再不能眠，心底怆然。那些与之有关的曾经和思念，便如洪水一般袭来，将自己淹没水底，再无法泅渡上岸。

亦如，在一种四下无人的无垠荒野之中，以思念为食，是极孤独，极伤感的。所以容若方才写到杜鹃啼鸣。"梦回酒醒三通鼓，断肠啼鴂花飞处。"杜鹃鸣声，入耳声声便是声声断肠。

是整夜无眠，是梦回酒醒。
是月下啼，是飞花过眼。

相传，杜鹃鸟是蜀主望帝魂化，春末夏初，众芳纷谢时啼叫，其声惹人生悲。说蜀主望帝相思于大臣鳖灵的妻子，望帝以其功高，禅位于鳖灵。之后，望帝修道，处西山而隐，化为杜鹃鸟，至春因相思则啼，啼至滴血，所啼之血落地便幻化成杜鹃花。

杜鹃啼血的意象常出现在古代文人的诗词文章当中。比如，唐诗人李白的《宣城见杜鹃花》诗：

蜀国曾闻子规鸟，宣城又见杜鹃花。
一叫一回肠一断，三春三月忆三巴。

比如，唐诗人李商隐的《锦瑟》诗：

锦瑟无端五十弦，一弦一柱思华年。
庄生晓梦迷蝴蝶，望帝春心托杜鹃。
沧海月明珠有泪，蓝田日暖玉生烟。
此情可待成追忆，只是当时已惘然。

比如，宋词人赵崇嶓的《清平乐》词：

莺歌蝶舞，池馆春多处。
满架花云留不住，散作一川香雨。

相思夜夜情惊。青衫泪满啼红。
料想故园桃李，也应怨月愁风。

　　容若此词开篇即写杜鹃啼血，语意悲伤明确，也奠定了
这阕词的哀婉基调。容若这首词写的是月夜怀人，极凄婉，
极缠绵。夜半三更依旧未眠，可见相思之深。又闻杜鹃啼
鸣，鸣声哀伤，更是令他离愁倍添，伤情益增。于是，一时
间，便情不自禁泪湿罗衫。

　　韦庄写"暗相思，无处说，惆怅夜来烟月"。恰似容若
此处"相思何处说，空对当时月"的心迹。是寂月照孤人，
月是团栾，人却离散。"月也异当时，团栾照鬓丝"，句句

不离月，说的便是这个意思。以月写人，所诉之思情，也更是伤人，令人怆然。

古人对月心怀情结，伤欢悲喜皆离不开月。李白思乡，写《静夜思》："床前明月光，疑是地上霜。举头望明月，低头思故乡。"张九龄怀人，写《望月怀远》："海上生明月，天涯共此时。情人怨遥夜，竟夕起相思。"更有张若虚那一首《春江花月夜》惊艳世人无数。

而容若写月，只为伊人，只为情意相阙。

异当时（菩萨蛮）

催花未歇花奴鼓，酒醒已见残红舞。
不忍覆馀觞，临风泪数行。

粉香看又别，空剩当时月。
月也异当时，凄清照鬓丝。

——纳兰容若《菩萨蛮》

　　唐玄宗时，有汝阳王李琎，小字"花奴"。李琎"姿质明莹，肌发光细"，是个容貌绝美的男子，又精通音律，尤善羯鼓。羯鼓，两面蒙皮，腰部细，用公羊皮做鼓皮。源自羯族，故称羯鼓。因唐玄宗自己也善击羯鼓，于是对李琎极是爱赞，极是恩宠。

　　相传，某年二月初一清晨时分，唐玄宗见宫中景色明丽，柳杏将吐，百花放，春光漫漫待现，一时心悦，便命高力士取羯鼓一只，临轩纵击一曲《春光好》。曲终，恰值百花怒放。于是，唐玄宗便畅怀大笑，说道："此一事不唤我作天公可乎？"颇有当年武后则天以诗催花的帝王风范。

容若写"催花未歇花奴鼓，酒醒已见残红舞"，意谓是在离宴之上。彼时，催花之举未歇，花奴鼓声尚在。待一壶酒尽，醉意阑珊复又渐醒之时，春花便已零落。借羯鼓催花之典实，暗喻好景不长。"不忍覆馀觞，临风泪数行。"他是心中有千万不舍，不忍与她相别。却无奈，冷风吹过，筵席将散。

这阕词有可能是容若临行出塞之时所作。与爱妻对酒望月来相别，本身便已是伤感入骨。于是，作下的这首《菩萨蛮》词语意疼痛，凄清，悲凉。下阕"粉香看又别，空剩当时月"，将离人心中的孤寥写得淋漓尽致，就是这样一种与君相别人月两缺的心意。

只是在这离别夜，月也异当时。不似别人团圆，不似别日圆满，就连辐照在身的月光，也是凉薄萧瑟，黯然凄切。容若总是在离别时分，方知爱之深切。

纳兰词多婉约灵动，且不离情。所以，但凡纳兰诗词，总是情思如缕，萦回不绝。但容若的词作出尘高妙之处在于，纵是词意窄仄，却依然婉曲有致，用极平凡的意象来抒发极深切的情意，令人耽溺，如身临其中，极易感同身受，产生共鸣。正因"共鸣"二字，纳兰词方才流传在世逾三百年，拥趸无数。

上一首《菩萨蛮》词："梦回酒醒三通鼓，断肠啼鴂花飞处。新恨隔红窗，罗衫泪几行。相思何处说，空对当时月。月也异当时，团栾照鬓丝。"与这阕词无论是立意构思还是遣词用句，都极为相似。所以，许多学者便认为这两阕词可能一词两作。一是初稿，一是改稿。但因改易处甚多，所以后人结集时又并存两首。

似是两处闲愁，实是一种相思。

忆旧家（菩萨蛮）

晓寒瘦着西南月，丁丁漏箭馀香咽。
春已十分宜，东风无是非。

蜀魂羞顾影，玉照斜红冷。
谁唱《后庭花》，新年忆旧家。

——纳兰容若《菩萨蛮·早春》

早春时节，他在异乡。身在异乡时，人惯常都是保持着一个清醒并冷漠的状态，以此护慰根植在内心深处对故乡的眷恋。人，愈是离家遥远，愈是需要有一个坚强姿态，站立，奔走。

只是诸多伪装，在一些寂静的瞬间，都会被一一撕裂。犹如对镜，势必裸陈相对，会将内心最细微最隐秘最易大动干戈的情释放出来。或是怀人，或是思乡。而容若，这一夜，恰似流离的少年，心头温热，想念起旧家来。

容若这首《菩萨蛮·早春》写的既是伤春，也是思乡。虽不及容若自己那首《长相思》词"山一程，水一程，身向榆关那畔行，夜深千帐灯。风一更，雪一更，聒碎乡心梦不成，故园无此声。"语意直接，却也是用情极深的。

晓寒二句写的是身外物。春夜将晓时分最是天寒。他因心中有念，便一夜未眠。抬头看天，只有西南的天边斜挂一轮凄凉弯月。看过去，极是寂寥。正好比当下的自己，内心盈满温柔感伤。

天上有寒月，身边有漏壶。月影是残缺孤凉，漏壶是叮咚作响。以及，那熏香燃尽的余烟在屋里缭绕弥漫。"瘦着"一词是瘦削之意。言月之瘦，意指这月是一轮弯月或残月。"咽"在此处则是充塞、弥漫之意。汉刘向《新序·杂事》中便有"云霞充咽，则夺日月之明"之句。

虽是春光相宜的好时候，却也是无意观赏。"春已十分宜，东风无是非"，平淡语调当中无端会渗出一种凉意。上阕几句好比是一种情绪积淀，将心中隐秘的念想，一点一点，抽丝剥茧，牵引而出。

蜀魂，指杜鹃鸟，此处是以蜀魂自指。托意幽婉，韵致良多。李商隐在《燕台诗·春》诗里也写"蜀魂寂寞有伴未？几夜瘴花开木棉"。"蜀魂羞顾影，玉照斜红冷"二句是说，自己不愿去看那玉照上的形影，那形影是令人备觉伤心凄冷的。

一切心意曲折，只因思家。

末两句最是情深。容若写"谁唱《后庭花》，新年忆旧家"。是谁在唱《玉树后庭花》的曲子。幽凉之音传来，令他终忍不及，怀念起故乡旧家，以及他日夜牵挂的知心人。烟尘往事，恍如童话。而今，一点一滴，浮上心头，好不温柔。

后庭花，指的是南北朝时南朝陈国皇帝陈后主所作的一首《玉树后庭花》曲。曲旨是为赞美后主张贵妃、孔贵嫔的美色。后作为靡靡之音或亡国之音的象征。《玉树后庭花》曲词如下：

丽宇芳林对高阁，新装艳质本倾城。

映户凝娇乍不进，出帷含态笑相迎。

妖姬脸似花含露，玉树流光照后庭。

花开花落不长久，落红满地归寂中。

陈后主的贵妃名叫张丽华。本是歌伎出身，她发长七尺，光可鉴人。陈后主对她一往情深。甚至传说在朝堂之上，也让张丽华坐在自己的膝上与大臣共商国是。于是，也就上演了一出爱美人不爱江山的戏码。

最难忘的，大约便是杜牧那一首举世闻名的《泊秦淮》诗："烟笼寒水月笼沙，夜泊秦淮近酒家。商女不知亡国恨，隔江犹唱《后庭花》。"虽然都语涉"后庭花"，但杜牧写的是国，容若写的是家。

作此文时，春日已过，正值农历五月盛夏。在南方以南的城市里，念及"忆旧家"三个字时，不禁心有微澜。

《卷一》完

注　本文参考篇目：

《纳兰性德词新释辑评》和《纳兰词集》等，部分资料来源于网络。其余参考文献、书目，限于体例、篇幅未能一一列举注明。由于本人能力限囿，书中舛误之处在所难免。私享笔记，本属私物，言语难免主观。望见谅。不当之处，还请方家指正。